EL SECRETO DE LILA
SARA ORWIG

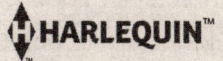

Editado por HARLEQUIN IBÉRICA, S.A.
Núñez de Balboa, 56
28001 Madrid

© 2013 Harlequin Books S.A.
© 2015 Harlequin Ibérica, S.A.
El secreto de Lila, n.º 114 - 18.2.15
Título original: Deep in a Texan's Heart
Publicada originalmente por Harlequin Enterprises, Ltd.

Todos los derechos están reservados incluidos los de reproducción, total o parcial. Esta edición ha sido publicada con autorización de Harlequin Books S.A.
Esta es una obra de ficción. Nombres, caracteres, lugares, y situaciones son producto de la imaginación del autor o son utilizados ficticiamente, y cualquier parecido con personas, vivas o muertas, establecimientos de negocios (comerciales), hechos o situaciones son pura coincidencia.
® Harlequin, Harlequin Deseo y logotipo Harlequin son marcas registradas propiedad de Harlequin Enterprises Limited.
® y ™ son marcas registradas por Harlequin Enterprises Limited y sus filiales, utilizadas con licencia. Las marcas que lleven ® están registradas en la Oficina Española de Patentes y Marcas y en otros países.
Imagen de cubierta utilizada con permiso de Harlequin Enterprises Limited. Todos los derechos están reservados.

I.S.B.N.: 978-84-687-5662-2
Depósito legal: M-33986-2014
Editor responsable: Luis Pugni
Impresión en CPI (Barcelona)
Fecha impresion para Argentina: 17.8.15
Distribuidor exclusivo para España: LOGISTA
Distribuidor para México: CODIPLYRSA
Distribuidores para Argentina: Interior, DGP, S.A. Alvarado 2118.
Cap. Fed./Buenos Aires y Gran Buenos Aires, VACCARO HNOS.

Capítulo Uno

Sam Gordon miró a su alrededor y una melena rojiza y lisa llamó su atención. Solo podía ser una persona. El sedoso pelo de Lila Hacket tenía un color único y natural, como toda ella. Había vuelto al pueblo y a Sam se le aceleró el pulso solo de pensarlo. ¿Habría ido a casa para la barbacoa que los Hacket organizaban todos los años? De repente, dejó de prestar atención a la conversación sobre caballos en la que estaba y pensó en el cuerpo desnudo de Lila entre sus brazos.

Los rancheros con los que estaba se echaron a reír con un comentario de Beau Hacket y Sam sonrió e intentó volver a la conversación. Beau estaba señalando con orgullo su última adquisición, un alazán de tres años, y los miembros del Club de Ganaderos de Texas que estaban junto a él se acercaron más al corral.

Lila estaba de espaldas a Sam, charlando con otro grupo de invitados. Era más alta que casi todas las demás mujeres y llevaba puesto un vestido de tirantes azul turquesa y unas sandalias de tacón. Sam estaba seguro de que tendría la oportunidad de hablar con ella antes de que terminase la noche, y volvió a hacer un esfuerzo por concentrarse en la conversación que se desarrollaba a su alrededor. Dave Firestone, que tenía un rancho de ganado, y Paul Windsor, un magnate de la industria energética, estaban haciendo preguntas a Josh, el hermano gemelo de Sam, acerca de los caballos. A Josh le encantaban los caballos, otra cosa más que lo diferenciaba de Sam.

–Beau, ¿has comprado ese caballo por aquí? –preguntó Chance McDaniel.

–No. Lo compré en Cody, Wyoming, pero no es un caballo para un rancho como el tuyo, amigo.

–Yo también tengo un rancho ganadero, y me gustaría tener otro caballo vaquero –respondió Chance.

–Lo que necesitas es una yegua pequeña, como la que tengo para Cade. Un animal que hasta un niño de cuatro años pueda montar –añadió Gil Addison, otro ranchero local.

Sam no tenía caballos, como el resto de los hombres de su círculo. Todos pertenecían a la élite del Club de Ganaderos de Texas y Sam los veía frecuentemente, así que pensó que no importaría que se apartase del grupo en esos momentos.

–Si me perdonáis –les dijo–. Ahora vuelvo.

Y se alejó con aparente tranquilidad, a pesar de que por dentro estaba hecho un manojo de nervios. Lila no le había devuelto la llamada a la mañana siguiente de haber pasado la noche juntos y él lo había dejado pasar. Había otras mujeres en su vida. Pero habían pasado tres meses y no había logrado dejar de pensar en ella.

¿Por qué había vuelto? La vio reír y apartarse del grupo en el que estaba y apretó el paso, decidido a no perderla.

Un minuto después estaba a su lado.

–Lila, bienvenida.

–Sam –respondió ella, girándose y forzando una sonrisa–. Espero que estés disfrutando de la fiesta.

Le habló como a un desconocido, como si nunca hubiesen pasado una noche juntos. Y Sam no estaba acostumbrado a que las mujeres reaccionasen así con él.

–La fiesta es estupenda, como siempre. Aún mejor con tu presencia. ¿Has venido solo a la barbacoa?

–No, lo cierto es que he venido a prepararlo todo para una película que se va a rodar a finales de mes –le dijo ella–. Me alegro de verte. Que te diviertas.

Y luego se giró a saludar a su amiga Shannon Fentress, que se había casado recientemente.

–Hola, Shannon –la saludó Sam también–. Estaba dándole la bienvenida a Lila.

–¿Cómo iba a perderse la barbacoa anual de su familia? –comentó Shannon–. Huele tan bien que es una pena que no se pueda embotellar el aroma y hacer un perfume.

Lila se echó a reír.

–Qué exagerada. Tenemos cocinera nueva, te la voy a presentar. Aunque a mi padre le gusta supervisarlo todo. Si nos perdonas, Sam –dijo en tono dulce, haciéndole un gesto a Shannon para que la siguiera.

Sam las vio alejarse y recorrió con la mirada la espalda de Lila. Le extrañaba que hubiese estado tan fría con él. Clavó la vista en el sensual balanceo de sus caderas y frunció el ceño. Quería salir con ella.

Sacudió la cabeza y decidió ir a por una cerveza fría. Lila no se parecía a su padre. Ni tampoco a su madre, que era muy agradable y no le importaba estar a la sombra de su marido. Barbara Hacket hacía feliz a su marido, recibía visitas y colaboraba en proyectos benéficos, no tenía las ansias de independencia de Lila ni su necesidad de estar fuera de Royal y tener un trabajo. Lila tampoco se parecía en nada a su hermano, Hack.

Sam se cruzó con él y lo saludó:

–Una fiesta estupenda, como siempre.

–Mi padre sabe organizar una buena barbacoa. Te he visto hablando con la altiva de mi hermana –respondió él.

–La altivez no me molesta, al menos, en ella –le dijo Sam, viendo que Lila y Shannon entraban en la casa.

–Veo que te gustan los retos –le dijo Hack–. Y supongo que tienes razón, las chicas demasiado fáciles son aburridas.

Sam estaba pensando en Lila y casi no escuchó a su hermano.

–Mi hermana se cree que está haciendo algo importante en Los Ángeles, trabajando en la industria del cine –continuó Hack–. Vive sola, o eso dice, probablemente porque nadie la aguanta. Y como no está aquí, el viejo me da más dinero a mí. Así que por mí puede quedarse en California. Está bien allí. En Royal también hay tías buenas, ¿no crees, Sam?

–En Royal hay buena gente, sí –respondió él, que no había prestado atención a las palabras de Hack.

–Hablando de tías buenas, acabo de ver a Anna June Wilson. Si me perdonas –añadió Hack, alejándose.

Sam respiró hondo y se alegró de que Hack se hubiese marchado. Era un chico de diecisiete años al que Beau tenía demasiado consentido.

Se pasó la mano por el pelo y fue hacia la barra que habían puesto en el patio. Había llamado a Lila después de que esta hubiese vuelto a California, pero ella no había respondido a sus llamadas. ¿Se habría enfadado con él porque no había insistido más? Sam se dijo que lo mejor sería olvidarse de Lila Hacket. El único problema era que no parecía ser capaz de hacerlo.

–Maldita sea –murmuró.

–Sam Gordon, ¿qué haces ahí tú solo? –preguntó una voz de mujer a sus espaldas.

–Te estaba buscando, cariño –le respondió él sonriendo.

Sally Dee Caine era el antídoto perfecto contra Lila. Todos los hombres del condado de Maverick la conocían, era divertida y Sam disfrutaba de su compañía en pequeñas dosis. Iba vestida con una blusa escotada de color rosa y unos vaqueros ajustados.

–Estás tan guapa, Sally Dee, que podrías hacer que me olvidase de la barbacoa –le dijo Sam, mordisqueándole el cuello.

Ella se echó a reír y entrelazó el brazo con el suyo.

–Sam, tú eres de los que les gusta la fiesta. Ven, hay un granero lleno de gente bailando.

–Pensé que no me lo ibas a pedir –contestó él sonriendo.

La abrazó por los hombros y Sally lo agarró por la cintura, y así se dirigieron hacia el granero.

–Siento haberte interrumpido. A lo mejor querías haberte quedado hablando con Sam –le dijo Shannon a Lila.

–No, me has salvado. Sabía que no te interesaba conocer a la cocinera. Vamos al salón.

–La cocinera de tu padre es la mejor del condado.

–Es buena, sí, pero hay muchas otras que cocinan bien. Allí está, llevando una bandeja de fruta al salón.

–Pues vamos. Me alegro mucho de que hayas venido. Y, como siempre, la barbacoa de tu familia es estupenda. Cada año hay más gente que el anterior.

–Sí, han venido casi todos los miembros del Club de Ganaderos de Texas. No obstante, todo el mundo está intrigado con la desaparición de Alex Santiago. Algunos están muy nerviosos.

–Nadie sabe qué ha sido de él, pero están intentando darle la menor publicidad posible. La verdad es que es muy extraño. Nadie desaparece así como así.

–Pues Alex Santiago lo ha hecho.

Shannon se estremeció.

–Espero que lo encuentren pronto. Creo que es muy rico, ¿quién sabe a qué se dedica? Pero háblame de ti. ¿Has dicho que tienes dos semanas de vacaciones?

–Sí. Y después voy a estar otras dos semanas más aquí porque el estudio va a rodar una película en la zona. Estoy trabajando un poco, intentando seleccionar escenarios, pero también me estoy tomando tiempo para mí.

–Parece que has encontrado el trabajo perfecto.

–En ocasiones yo también lo pienso, aunque otras veces el trabajo es frenético. No obstante, estoy aprendiendo mucho y me gusta lo que hago.

–Como tienes dos semanas de vacaciones, podías echar una mano con la planificación de la guardería del Club de Ganaderos de Texas. Nos vendría bien tu opinión profesional. Vamos a reformarlo todo, pero tenemos que decir cómo queremos la decoración y escoger todo lo necesario para los niños.

Lila se echó a reír.

–Mi padre se pondría furioso. No te imaginas, bueno, seguro que sí, lo poco que le gusta que se vaya a abrir una guardería en el club. Casi le da un ataque cuando permitieron la entrada de mujeres al club, Shannon.

Su amiga se echó a reír.

–A mí me encanta, aunque admito que todavía me resulta extraño que se permita la participación de mujeres en lo que ha sido un santuario masculino durante más de un siglo. Será mejor que no levante la voz, porque todos sus miembros están hoy aquí.

Shannon volvió a reírse y después continuó:

–Sé que a tu padre, y a otros miembros más antiguos, les molesta. También a algunos de los jóvenes, como a los gemelos Gordon. Y tu hermano ha hecho algunos comentarios desagradables.

–Ya sabes que a Hack no hay que hacerle caso. Mi padre lo mima demasiado y me temo que va a terminar siendo tan intolerante como él.

–Sí, a tu hermano tampoco le gusta que vayamos a poner una guardería, pero no importa. Ya han empezado a hacer la reforma.

–Eso es estupendo.

–Lila, eres la persona perfecta para el trabajo. Venga, ayúdanos ahora que tienes algo de tiempo libre.

Lila se lo pensó mientras miraba a su amiga a los ojos. Había ido a casa a descansar y a hablar con su madre, no a trabajar. No obstante, si aceptaba, tendría menos tiempo para pensar en sus problemas y, además, el proyecto era interesante. Y estaría con Shannon, que era trabajadora y divertida.

–Creo que me lo pasaría bien colaborando contigo y la idea es emocionante. Además, en ocasiones me gusta llevarle la contraria a mi padre. Así que lo haré, pero siempre y cuando no sea demasiado trabajo.

–Me parece justo. No te preocupes, que no será mucho trabajo, pero me encantará tener tu opinión.

–Bueno, parece sencillo.

–Y también será divertido. ¿Podemos vernos en el club el lunes por la mañana?

–Por supuesto. Siempre y cuando no sea demasiado temprano.

–No, no será temprano porque yo tengo que hacer mis tareas en el rancho –le respondió Shannon mientras entraban en el gran salón y se acercaban a una mesa con bandejas de plata llenas de canapés.

–Hola, Amanda y Nathan –dijo Lila.

Shannon también saludó a la pareja, que estaba de la mano y había estado mirándose a los ojos hasta que ellas habían llegado. Amanda y Nathan Battle, el sheriff de Royal, se giraron hacia ellas. Lila sintió envidia al verlos de la mano, claramente enamorados.

–Los recién casados –les dijo sonriendo–. Enhorabuena.

–Gracias –respondieron al unísono.

Luego se miraron y se echaron a reír.

–Nos hemos querido apartar un poco de la multitud para charlar. La fiesta es estupenda, Lila –comentó Amanda, que estaba radiante.

Lila se preguntó cómo sería estar tan enamorada y ser correspondida.

–Vamos fuera a por algo de carne –sugirió Nathan.

–No os marchéis por nosotras –le dijo Lila–. Solo hemos venido a por un poco de salsa de alcachofas y luego saldremos a comer fuera.

–Comed todo lo que queráis –dijo él, poniendo un brazo alrededor de los hombros de Amanda para llevarla fuera.

–Están tan enamorados que tengo la sensación de que ni saben de qué hemos hablado –le comentó Lila a Shannon–, pero estábamos quedando el lunes en el club.

–Sí. De hecho, cuanto más tarde, mejor para mí. ¿Qué tal a la hora de la comida? Te contaré cuál es el plan mientras comemos y después te enseñaré el local. Es la antigua sala de billar.

–Genial. La hora de la comida también es la

mejor para mí –admitió Lila mientras tomaba un plato y una servilleta.

–El lunes a las tres hay una reunión en el club y pretendo asistir, pero a esa hora ya habremos terminado –añadió Shannon.

–Supongo que a mi padre no le hace ninguna gracia que transformen la sala de billar en una guardería –dijo Lila riendo.

–Hay que hacer algunos cambios. Además, va a haber una sala de billar nueva. Será lo siguiente que se haga.

–Shannon, ¿la reforma la van a hacer los Gordon? –preguntó Lila, dándose cuenta de que tal vez tuviese que ver mucho a Sam.

–Lo cierto es que no.

–¿Por qué no? Lo normal es que les hubiesen dado el contrato a ellos.

–Yo tampoco lo entiendo. Parece que se quería evitar un conflicto de intereses, pero, en mi opinión, no se lo han dado a ellos porque no les gusta la idea de la guardería.

–Es posible. Los hermanos Gordon son tan conservadores como mi padre.

–Tal vez se deba a que perdieron a su madre cuando eran muy pequeños. A lo mejor su padre se volvió un machista desde entonces.

–Es probable. A pesar de la presencia de mi madre, la influencia de mi padre en Hack es mucho mayor.

Lila y Shannon se sirvieron comida y unos vasos de agua, y después Lila señaló hacia el pasillo.

–Vamos a sentarnos al porche. Allí podremos charlar tranquilas, porque todo el mundo está en la parte trasera de la casa.

Salieron al porche y se sentaron en sendas mecedoras.

–Estás muy guapa, Shannon. Te sienta bien la vida de casada.

–Tengo que presentarte a Rory. Ha vuelto a Austin. Yo me he quedado aquí porque el capataz del rancho está enfermo.

–Cuéntame cómo es tu vida de recién casada –le pidió Lila.

Shannon se encogió de hombros.

–Cuando estoy aquí, es lo mismo de siempre, estoy al frente del rancho –respondió ella, pasándose los dedos por el pelo rubio.

–No sé cómo lo haces tú sola –comentó Lila, sacudiendo la cabeza.

–Ya no estoy sola, desde que me casé, pero en esta ocasión Rory ha tenido que marcharse a Austin.

–Es una pena que tengáis que estar separados.

Shannon se volvió a encoger de hombros.

–Me iré con él en cuanto el capataz se recupere. Pero cuéntame cómo estás tú. Somos buenas amigas, si no, no te lo preguntaría. ¿Qué te pasa?

–¿Qué? –preguntó Lila, sintiendo que le daba un vuelco el corazón.

–Si no quieres contármelo, lo entenderé, pero me ha parecido que necesitabas hablar con una amiga.

–Está bien, pero por el momento es confidencial. He venido a casa a descansar y a hablar con mi madre, no con mi padre. Y mucho menos con Hack. Estoy embarazada, Shannon.

–Madre mía –dijo su amiga sorprendida–. ¿De alguien de la industria cinematográfica? ¿Un actor? ¿Un famoso? ¿Un productor casado?

–Eh, frena –le dijo Lila riendo–. ¿Un productor casado? Nunca saldría con alguien así. Aunque tampoco debería haber estado con el hombre con el que estuve. Es de aquí, Shannon. Y está en la fiesta.

–No hace falta que me digas quién es. ¿Vas a contárselo?

–No hasta que no tome algunas decisiones. Cuando se entere, es tan anticuado que querrá casarse conmigo.

–Oh, Dios mío. Si tenía que ser alguien de Royal, ¿por qué no elegiste a alguien abierto y liberal, y no a uno que piense que la mujer debe estar siempre en la cocina o en el dormitorio?

–No sabía que iba a quedarme embarazada.

–Lo siento, no te estoy ayudando nada. Entiendo que no quieras casarte con él, pero, si es tan anticuado como dices, querrá casarse contigo. Madre mía.

–No pienso casarme y volver aquí, sacrificando así mi carrera y mi independencia.

–¿Y cuándo vas a darle la noticia?

–Ojalá pudiese esperar a volver a California, pero es probable que se lo cuente antes de marcharme. Bueno, que quede entre nosotras, es…

–No me lo digas –dijo Shannon, tapándose las orejas–. No quiero saberlo.

Lila se echó a reír.

–De todos modos, seguro que te lo imaginas.

–No. No necesito saberlo. Ni siquiera quiero saberlo. Es mejor así, por si alguien me pregunta después. Ya sabes que no se me da bien guardar secretos. Supongo que ese es el motivo por el que llevas un vestido amplio.

–Sí. Ya estoy de tres meses.

–Oh, Dios mío. ¿Y cuánto tiempo vas a quedarte en Texas por trabajo?

–Es probable que esté aquí hasta finales de mes. Unas veces es más y otras, menos, pero no creo que tenga que ver demasiado a la persona en cuestión.

–¿Crees que tu madre lo comprenderá? Porque tu padre no va a hacerlo.

–Mi madre me apoyará. Aunque todavía no sé cómo pude hacerlo.

–Seguro que fue culpa de las hormonas –le dijo Shannon–. Y seguro que es un tipo encantador, hay hombres muy guapos y divertidos en Royal.

–Eso sí –admitió Lila–. Con respecto a mi madre, estoy segura de que me ayudará.

–Lo siento, pero pienso que te has complicado la vida, Lila.

–Tienes razón. Por suerte, puedo marcharme de Royal e ir a California.

Dos hombres salieron por la puerta y se dirigieron hacia donde estaban ellas. Lila los reconoció, eran rancheros de la zona.

–Señoras –las saludó Jeff Wainwright–. Os estáis perdiendo la fiesta. ¿No os apetecería venir a bailar al granero?

Lila aceptó sin pensarlo, diciéndose que le sentaría bien moverse un poco, gastar algo de energía y olvidarse de su embarazo durante un rato.

Aunque era algo de lo que no se podía olvidar. Se había quedado sin aliento nada más ver a Sam. Había pensado que no le afectaría su presencia, pero se había equivocado. De hecho, no había sido capaz de controlar la respuesta de su cuerpo. Sus ojos azules habían brillado al verla y Lila no había podido evitar sentirse atraída por él.

Se alegró de haberle contado a Shannon que estaba embarazada y de tener una amiga que supiese por lo que estaba pasando. Una amiga que, además, era sensata.

Unos minutos más tarde, Shannon estaba bailando con Buck McDougal y ella con Jeff. Sam también estaba en la pista de baile, con Piper Kindred. Se giró y vio a Ryan Grant mirando a Piper fijamente. Lila apartó la vista y pensó que ella evitaba mirar así a Sam, pero en ocasiones le resultaba imposible. Bailaba bien y era muy sexy. No obstante, por muy atractivo que fuese, su personalidad y su manera de pensar eran opuestas a las de ella. Era un hombre conservador que jamás la comprendería.

Lila pensó en la noche que había pasado con él. Su padre lo había convencido para que cenase con ellos y, después de la cena, su padre había vuelto al Double H, el rancho familiar, y ellos se habían quedado un rato más. Sam y ella habían coqueteado durante la cena y también después, hasta que Sam la había invitado a tomar algo en su casa y Lila había aceptado.

Había sido una noche de pasión loca, risas, amor. Una noche que jamás olvidaría. Y un par de semanas después se había enterado de que estaba embarazada.

Lila volvió al presente y se dio cuenta de que Shannon ya no estaba.

Siguió bailando, hicieron un cuadrado y fueron cambiando de pareja al son de la música, hasta que de repente tuvo a Sam delante y se le aceleró el corazón. Él guardó silencio y se limitó a mirarla a los ojos. Y Lila tuvo la sensación de que era capaz de besarla apasionadamente en cualquier momento.

Se alejó de él bailando y el momento pasó, pero su corazón siguió desbocado y Lila se preguntó si volverían a hablar o si Sam le pediría que bailase con él. Intentó tranquilizarse. Necesitaba mantener las distancias. No quería que intuyese que estaba embarazada, tenía que prepararse mentalmente antes de que Sam supiese la verdad.

Le dijo a Jeff que no quería bailar más y mientras ambos salían del granero miró hacia atrás y vio a Sam observándola. A pesar de la distancia que había entre ambos, se le encogió el estómago. No entendía que su cuerpo respondiese así al verlo. No quería conocer mejor a Sam ni salir con él, pero su vida iba a estar atada a la de él indefinidamente e iba a tener que enfrentarse a su conservadora manera de ver el mundo.

El olor a barbacoa hizo que se le revolviese el estómago y, para alejarse de él, atravesó el jardín hasta que vio a una amiga.

–Sophie –la llamó.

Sophie Beldon, de la que era amiga desde el instituto, se giró y sonrió al verla.

–Qué fiesta tan divertida, Lila. Yo creo que todo el mundo está deseando que llegue agosto solo por la barbacoa que organizáis. Es legendaria.

–Gracias. La verdad es que ya son muchos años haciéndolo. Me alegro de verte. ¿Adónde ibas?

–A algún rincón tranquilo, si es que lo hay. Estoy cansada de que me miren y me hagan preguntas. Piensan que sé algo acerca de la desaparición de Alex.

–Lo siento, debe de ser muy duro. Eres su secretaria, así que es normal que la gente piense que sabes algo de él. Todo el mundo está muy sorprendido con su desaparición. ¿Todavía no hay noticias?

–Nada. Lo malo es que no se sabe si le ha ocurrido algo o si ha desaparecido deliberadamente. En ciertos aspectos, era un hombre muy reservado. A mí siempre me ha parecido muy misterioso. Aunque tal vez haya habido un problema de comunicación y Alex piense que todos sabemos dónde está.

–No lo creo. Seguro que tú habrías tenido noticias suyas.

Sophie se encogió de hombros.

–Quién sabe. No se puede descartar ninguna posibilidad, pero hay muchas personas preocupadas.

–Es normal. Como también es comprensible que piensen que tú sabes algo –dijo Lila.

Sophie frunció el ceño.

–Nathan Battle me mira de una forma rara, pero sé que es un hombre justo, así que no me preocupa. Y la verdad es que no sé nada de Alex.

Miró a Lila un minuto, en silencio, antes de continuar.

–Sé que puedo confiar en ti. Ahora trabajo para Zach Lassiter, el socio de Alex.

–He oído a mi padre hablar de él. Al parecer, nadie sabe mucho de su pasado.

—Sí, Zach es todavía más misterioso que Alex. Yo pensé que acercándome a él podría averiguar algo más acerca de la desaparición de Alex.

Lila se estremeció al oír aquello.

—Sophie, ten cuidado. No sabes cuáles son las circunstancias que rodean la desaparición de Alex. Y tampoco sabes nada de Zach Lassiter. Nadie en Royal sabe nada de él. Lo que estás haciendo podría ser peligroso.

—Tendré cuidado, y no creo que Zach sospeche mis verdaderos motivos. No puedo evitar preguntarme qué sabe de Alex, porque trabajaban mucho juntos.

Lila sacudió la cabeza.

—No deberías correr semejante riesgo. Ten cuidado. No eres detective y no sabes cómo llevar a cabo una investigación. ¿Sabe alguien más lo que estás haciendo? ¿Se lo has contado a Nathan Battle?

—Por supuesto que no. Te prometo que tendré cuidado. Viene gente hacia aquí.

Lila se giró y vio a varias amigas más del instituto, las saludó, aunque no pudo evitar seguir preocupada por Sophie. Tenía que haberla convencido de que hablase con Nathan, aunque él acababa de casarse y tal vez no estuviese tan preocupado por la desaparición de Alex. No obstante, Lila estaba segura de que Nathan habría aconsejado a Sophie que no se metiese en problemas, y tal vez su amiga le habría hecho caso.

***

Un rato después, había filas de personas esperando a que los camareros les sirviesen la carne. Lila entró al salón a por más fruta, sabiendo que había carne suficiente si le apetecía más tarde.

Después de la cena, volvió a haber baile y Lila se divirtió con varios miembros del Club de Ganaderos de Texas que siempre asistían a la barbacoa. Bailó con Ryan Grant, uno de los miembros más recientes, que estaba muy concentrado y lo hacía muy bien.

El siguiente baile se lo dedicó a Gil Addison, que era viudo y tenía un niño de cuatro años, Cade. El pequeño estaba jugando con los demás niños, ya que los Hacket siempre contrataban a varias niñeras para la barbacoa. Gil era tímido y le caía bien, y a Lila le daba pena que tuviese que criar a su hijo él solo.

Cuando la canción terminó fue el gemelo de Sam, Josh Gordon, el que de manera educada le pidió bailar. A pesar de ello, Lila lo notó frío y supo que era uno de los miembros del club a los que no les parecía bien que fuese tan independiente. Se imaginó que la había sacado a bailar para quedar bien con su padre, que era el anfitrión.

A pesar de que Sam y Josh eran idénticos, a Lila no le costaba ninguna dificultad diferenciarlos. Sam llevaba el pelo más largo, tenía los ojos más brillantes y una actitud más distendida que su serio hermano.

Mientras bailaba con Josh una pieza rápida que no requería ningún contacto físico, Lila se preguntó cómo reaccionaría cuando se enterase de que iba a ser tío.

En cuanto la canción terminó, le dio las gracias y lo vio desaparecer entre la multitud. Entonces se giró y se encontró de frente con Sam Gordon.

Capítulo Dos

–Creo que me toca a mí. ¿Bailas? –le preguntó Sam, agarrándola del brazo antes de que le diese tiempo a responder.

–Vaya, muy típico de ti. Ni siquiera has esperado a que te responda.

Él sonrió y la soltó.

–Es que no sabes las ganas que tengo de bailar contigo, cariño. Señorita Hacket, ¿me concede este baile?

Ella supo que debía evitarlo, pero asintió de todos modos.

–No tienes remedio.

–Solo quiero bailar contigo sea como sea –respondió él agarrándola de la mano–. Ven.

–¿Sea como sea? –repitió Lila en tono de broma.

–Sí –admitió Sam, empezando a bailar–. Como solo tú sabes.

Lila se estremeció y se echó a reír.

–Si no sé bailar –le respondió.

–Claro que sí, lo recuerdo muy bien. En la intimidad de mi casa, bailamos de manera muy sensual. Y a ti tampoco se te ha olvidado.

–Si quieres que siga bailando contigo, Sam,

será mejor que cambies de tema. Estás jugando con fuego –le advirtió ella, deseando no haber cometido el error de haber coqueteado con él y haber accedido a concederle aquel baile.

–Está bien, no volveré a decir que bailas de manera muy sexy. Estás muy guapa, Lila, me alegro de que hayas vuelto a casa.

–Gracias –respondió ella, dando una vuelta para dejar de hablar con él.

En realidad, tenía que haberlo rechazado, pero se lo pasaba muy bien con Sam y le encantaba bailar. No obstante, aquello era lo que la había metido en la situación en la que estaba.

En cuanto la música terminó, lo miró y le dijo en tono dulce:

–Gracias, Sam. Mi madre me ha pedido que atienda a los invitados, así que tengo que dejarte.

Se dio la vuelta y se alejó. No obstante, no pudo evitar mirarlo por encima del hombro. Sam estaba apoyado en un poste, observándola, tal y como Lila había sospechado.

Ella miró al frente y avanzó hacia la casa. Le entraron ganas de volver a mirar atrás, pero no lo hizo. Su madre no le había pedido que atendiese a nadie, pero ya había tenido bastante fiesta por aquella noche y se dirigió a su habitación.

***

Sam se quedó junto a la barra y observó que Lila entraba en la casa. No la entendía. Durante un rato, había bajado la guardia y se había mostrado simpática, incluso había coqueteado con él, pero luego había puesto una barrera entre ambos.

¿A qué se debía aquella frialdad? ¿Sería por la actitud de él en lo que a su trabajo y a la presencia de mujeres en el club se refería? Aquello le pareció realmente absurdo y no entendió cuál era el motivo de que Lila se mostrase tan distante.

A ella no le parecía bien su actitud frente a las mujeres y a él no le parecía bien que fuese tan independiente, así que lo mejor sería aceptar que había sido rechazado y continuar con su vida. Pero no estaba acostumbrado a que lo rechazasen. Y todavía deseaba tener a Lila entre sus brazos y en su cama.

Esa noche la había visto muy guapa, con un rubor especial en el rostro y un brillo fascinante en los ojos verdes.

El vestido había ocultado su estrechísima cintura, pero el escote había dejado intuir unas curvas todavía más pronunciadas de lo que él recordaba.

Tomó aire, le dio un trago a su cerveza y deseó poder olvidarse de ella.

***

El lunes, Lila entró en el viejo club, hecho de piedra y madera oscura. Se le revolvió el estómago al darse cuenta de que olía a beicon, a pesar de que cada vez tenía menos náuseas y que había pasado buen día.

Shannon la estaba esperando en la entrada. Llevaba un vestido de algodón azul y tacones, y no tenía aspecto de haberse pasado la mañana trabajando en el rancho, pero Lila conocía a su amiga y sabía cómo había sido su vida hasta hacía poco tiempo.

Shannon sonrió de oreja a oreja al verla.

–¡Hola! Llevaba deseando que llegase este momento desde la noche de la barbacoa –le dijo.

Luego bajó la voz y añadió:

–Debes saber que los miembros que no aprueban lo que estamos haciendo te van a mirar mal.

–Ya me mira mal mi padre en casa –respondió ella.

Shannon se echó a reír y ambas se dirigieron hacia el comedor.

Pidieron unas ensaladas y Lila disfrutó charlando con su amiga acerca de la nueva guardería.

–Como te dije, han llevado las mesas de billar a otra sala que van a reformar después –le contó Shannon.

–No serían capaces de vivir sin sus mesas de billar –comentó Lila sonriendo.

–Ya han empezado los trabajos en la antigua

sala de billar y en la habitación contigua. Están derribando la pared que había entre ambas. Divideremos el espacio en zonas: una será la zona de juegos, otra el comedor, y habrá una zona especial para los bebés.

–En California conozco algunas tiendas estupendas para comprar cuadros y muebles divertidos.

–Genial. Haznos una lista. En cuanto comamos, te enseñaré las habitaciones. Ya hemos decidido cómo va a ser la estructura básica, con estanterías de obra, cajones y armarios. Te enseñaré los planos.

–Es una pena que las demás mujeres no hayan podido venir a comer.

–Deberías hacerte miembro tú también, Lila.

Ella negó con la cabeza.

–Yo voy a volver a California. Necesitáis mujeres que puedan participar en el club de manera activa.

–La hija de Abigail Price, Julia, vendrá a la guardería en cuanto se inaugure.

–Me alegra mucho poder ayudaros –comentó Lila, diciéndose que así tenía más cosas en las que pensar además del embarazo.

Cuando terminaron de comer, fueron primero a la antigua sala de billar, donde había varios hombres trabajando.

Como había mucho ruido y no se podía hablar, se marcharon de allí y Shannon le enseñó también la que iba a ser la nueva sala de billar.

–Es todo muy oscuro, se parece a las fotografías de los hoteles de principios del siglo XX.

–Van a reformarla, pero estoy segura de que volverán a poner muebles oscuros. No obstante, me da igual lo que hagan con esta habitación.

Se sentaron a una mesa que había en un rincón y Shannon le enseñó los planos de la guardería.

–Esta es una lista de algunas guarderías que nos han recomendado a modo de ejemplo. Échales un vistazo y a ver qué se te ocurre. Queremos una guardería de última generación.

–¿Habrá una zona de juegos exterior? No veo la puerta por ninguna parte.

–Vaya, a nadie se le había ocurrido pensar en eso –admitió Shannon, abriendo mucho los ojos–. No obstante, tiene que haber un patio. Le enviaré un mensaje a Missy al respecto.

Sacó su teléfono y grabó el mensaje.

–No sé cómo se nos ha podido pasar. Tenemos mucho espacio fuera y podríamos vallar una parte y poner alarmas, para que sea un lugar seguro para los niños. Hemos pedido un sistema de seguridad muy caro, pero merecerá la pena si así las familias pueden estar tranquilas.

–Va a ser una guardería maravillosa, Shannon.

–Sí, pero a algunas personas sigue sin gustarles y eso me hace sentir incómoda en ocasiones.

–En realidad, son buenas personas. Mi padre es muy testarudo, pero tiene un buen corazón, es educado con las mujeres y muy bueno con mi madre.

–Estoy segura de que tienes razón. Y supongo que la desaparición de Alex tiene desconcertado a todo el mundo. Yo no puedo evitar preguntarme si no habrá alguien en peligro.

–Con un poco de suerte, pronto averiguarán la verdad, o volverá él. Que yo sepa, nadie ha pedido un rescate.

Shannon se estremeció.

–Es horrible, pensar que un ciudadano de Royal podría haber sido secuestrado –comentó, mirándose el reloj–. ¿Qué tal si volvemos a vernos aquí el miércoles sobre las doce y media o la una? Si puedes venir a comer, estupendo, si no, no pasa nada.

–La verdad es que a la una me vendría mejor.

–Pues a la una –le dijo Shannon–. ¿Te encuentras bien?

–Sí. Un poco revuelta por las mañanas, pero bien el resto del día. La idea de la guardería es estupenda, Shannon. Tal vez me interese más ahora que voy a tener un hijo.

–Yo también estoy emocionada y no estoy embarazada. Me parece genial. Casi es la hora de la reunión. Nos vemos entonces el miércoles a la hora de comer.

—De acuerdo. Me voy a quedar aquí unos minutos a pensar en todo esto, pero puedes ir yendo.

—Yo voy a ver a Abigail Price, que también está muy ilusionada con la guardería.

—Abigail ha sido muy valiente. La primera mujer en entrar en el club. Formará parte de su historia, le guste a todo el mundo o no.

—Tuvo apoyos suficientes como para poder entrar, ¿no? –dijo Shannon riendo–. Hasta el miércoles.

Y desapareció por la puerta. Lila estudió la habitación, las mesas de billar, e imaginó la de tratos que se habrían cerrado jugando en ellas. Hacía falta un cambio.

Cinco minutos después salió de la habitación y vio a un hombre alto, con botas de vaquero, en el pasillo. Enseguida reconoció los hombros anchos y las largas piernas de Sam Gordon. Estaba delante de una puerta, hablando con alguien, pero miró hacia donde estaba ella. En cuanto sus miradas se encontraron, el cuerpo de Lila reaccionó. Le dio un vuelco el corazón y sintió deseo, pero levantó la barbilla como si fuese a enfrentarse a un adversario.

Sam terminó la conversación mientras ella se acercaba y la esperó.

—Hacía mucho tiempo que no te veía por aquí. ¿Has estado comiendo con tu padre?

—No. He quedado con Shannon. Me ha pedido alguna sugerencia para la guardería.

—No soy capaz de imaginarme una guardería en este club, pero sí cómo habrían reaccionado sus fundadores ante la idea.

—Sam, los tiempos cambian. Y tú eres demasiado joven para ser un fósil.

—No recuerdo que me llamases «fósil» cuando bailábamos, o cuando nos besábamos –respondió él, acercándose más–, pero hay lugares, Lila, en los que no importa que no estemos de acuerdo en todo.

—Sí, pero opines lo que opines, va a haber una guardería en el club. ¿Es que no te gustan los niños, Sam?

—Por supuesto que me gustan los niños, pero no en el club. No se fundó para dejar en él a un puñado de críos.

—¿Y para qué se fundó?

Él se acercó más y apoyó una mano en la pared, justo por encima de su cabeza.

Lila respiró hondo.

—Se fundó para que los hombres pudiesen venir a relajarse y a disfrutar de una copa o un puro, o de sus amigos, sin tener que oír gritar a niños ni verlos correr por los pasillos.

Ella se echó a reír.

—Cada vez te pareces más a mi padre. Si no te estuviese viendo y solo te hubiese oído pensaría que eras de su generación.

—Eso no es tan malo, Lila. Sal conmigo esta

noche y veremos si soy un fósil –le sugirió en voz baja, mirándola a los ojos.

Lila se dijo que volvía a estar en terreno pantanoso con él.

–Gracias, pero nuestras vidas y nuestras maneras de pensar son demasiado distintas, Sam. El deseo es algo universal. La compatibilidad, no. Hasta luego.

Y después se alejó a toda prisa, con el pulso acelerado.

Sam estaba fuera de su alcance y ni siquiera tenía que haberse parado a hablar con él. No entendía que la atrajese tanto cuando no tenían nada en común. Y, lo que resultaba peor, era el padre de su hijo. Su vida estaría atada a la de Sam durante muchos años, salvo que él no mostrase ningún interés cuando se enterase de la verdad. Lila sabía cómo habrían reaccionado su padre y la mayoría de sus amigos ante aquella situación, y no esperaba otra cosa de Sam. Insistiría en que se casase con él.

Se estremeció. Ella no iba a casarse ni iba a tener la vida que había tenido su madre. No iba a quedarse en Royal para siempre. De eso, nada.

Se encontró con Shannon por el pasillo.

–Pensé que ya te habrías marchado.

–Me he encontrado con Sam y hemos estado hablando un minuto.

–Habrá venido a la reunión. Yo no me pierdo ninguna desde que soy miembro del club y eso enfada a la vieja guardia –comentó Shannon sonriendo–. Lo siento, pero tu padre forma parte de ella. Si las miradas matasen, yo ya no estaría aquí.

–Eso es terrible. No entiendo que quieras estar aquí y tener que soportarlo.

–Tiene muchas ventajas. Es el club más selecto y elegante de la zona, y es un sitio genial para dar fiestas privadas. Puedo nadar, comer, traer a Rory. Tienen el mejor chef de muchos kilómetros a la redonda. Y me encantan los bailes.

Lila se echó a reír.

–Shannon, cuando estás en Royal solo tienes tiempo para ocuparte del rancho.

–Cuando Rory pueda venir y mi capataz esté bien, tendré más tiempo. Y no me puedo resistir a provocar un poco a esas momias.

–Pues ve a la reunión y provócalas un poco. Yo me marcho al rancho –le dijo Lila, saliendo del club antes de volver a encontrarse con Sam.

Sam se relajó en la sala de reuniones del Club de Ganaderos de Texas. Intentó centrarse en lo que Gil Addison, su presidente, estaba diciendo, pero no pudo dejar de pensar en que Lila iba a colaborar en la creación de la guardería. La idea le causaba aversión. Miró a su alrededor y pensó que el club tenía más de un siglo de existencia, había sido construido con los mejores materiales.

Durante muchos años, había sido un refugio para los hombres. Liderazgo, Justicia y Paz, había sido el lema de sus miembros. Al principio, estos se habían reunido para llevar a cabo misiones secretas y salvar vidas inocentes. Eso no podría ocurrir con tantos cambios. El club era un lugar en el que relajarse y hacer todo lo que le gustaba hacer: nadar, comer, jugar al billar, hacer deporte, o, sencillamente, charlar con amigos.

En esos momentos, las mujeres también podían hacerse miembros y estaba habiendo cambios, pero el más importante era el de la guardería. Si empezaba a haber niños corriendo por allí el ambiente ya no sería tan tranquilo. Una guardería. Beau Hacket se había opuesto a ello y Sam y su gemelo lo habían respaldado. No había ninguna buena razón para permitir la entrada de niños al club, pero habían perdido la votación.

Sam miró a las mujeres que había alrededor de la mesa, todas juntas, y a sus maridos, todos bastante jóvenes. ¿Por qué querían formar parte del club? En cuanto se abriese la guardería, aquel lugar cambiaría para siempre.

Miró a Shannon. Era amiga de Lila y la que la había convencido para que la ayudase con la guardería. Le caía bien Shannon, era una persona seria y una buena ranchera. De todas las mujeres que había allí, tal vez fuese la que más derecho tenía a formar parte del club porque era una ranchera y pensaba como tal. Aunque nadie lo habría dicho, porque en cuanto salía del rancho tenía el mismo aspecto que cualquier otra mujer.

Lila ayudaría con la guardería y, si volvía a vivir en Royal, también querría entrar en el club. Beau tenía las ideas muy claras, pero no había sido capaz de controlar a Lila ni de educarla para que viviese como vivía su familia.

Sam intentó dejar de pensar en Lila y concentrarse en lo que estaba diciendo Gil, que acababa de ponerse en pie.

Había terminado con el orden del día y él no se había enterado de nada.

–Sé que algunos os oponéis a la creación de una guardería, pero ya se ha aprobado y las obras están en marcha. Habrá ruidos e interrupciones, pero no será la primera vez. Vamos a tener una guardería en el club, y va a ser lo más moderna posible.

Molesto, Sam pensó que eso sería en parte gracias a Lila. Aunque la guardería se iba a montar con o sin su colaboración. Si Tex Langley, el fundador del club, hubiese sabido cómo iba a cambiar, tal vez ni lo habría creado.

Para Sam, por su parte, el club jamás volvería a ser el mismo. Una vez más, intentó prestar atención a Gil, que parecía mantenerse imparcial. Aunque Gil tenía que criar a Cade solo, así que era probable que estuviese a favor de la guardería.

–También quiero recordaros que el mes que viene se incorporará Zach Lassiter.

Zach había llegado a Royal hacía poco tiempo y Sam no sabía casi nada de él, salvo que había tenido éxito con sus inversiones y que había compartido despacho con Alex Santiago.

Sorprendido, Sam se dio cuenta de que había pensado en Alex en pasado. ¿Qué habría sido de él? Todo el mundo estaba intrigado.

–Y una última cosa antes de terminar nuestra reunión de hoy –añadió Gil en voz alta, acaparando toda la atención–. Todos sabemos que hay un miembro reciente del club que está desaparecido, Alex Santiago. Nathan tiene algo que contarnos al respecto.

Se giró hacia Nathan Battle, que se puso en pie.

Nathan era alto e imponente, y todo el mundo estaba orgulloso de él. Era un buen sheriff. Los hombres de su familia habían sido miembros del Club de Ganaderos de Texas durante generaciones y Nathan había dejado el rancho familiar para dedicarse a velar por la seguridad de Royal.

–Voy a ser breve. Hemos averiguado algo y, a pesar de que todavía no se ha anunciado de manera oficial, quiero que sepáis que hemos encontrado el coche de Alex a unos setenta kilómetros de Royal.

Hubo intercambio de miradas y susurros, que se acallaron cuando Nathan volvió a hablar.

–El coche estaba escondido entre unos arbustos. Y, por el momento, no se descarta ninguna hipótesis. Es posible incluso que Alex haya sido secuestrado.

Hubo más murmullos.

–Nathan, ¿cuándo vais a hacerlo público? ¿Debemos mantenerlo en secreto? –preguntó Dave Firestone.

–Hemos estado investigando e intentando averiguar todo lo posible antes de quitar el coche de donde está, pero varias personas lo han visto ya. No quiero que sea un secreto para el resto del pueblo, pero sí os pediría que no se enterasen los medios de comunicación, al menos, durante el resto del día. Alex era nuestro amigo y todos estamos interesados en saber dónde está. Por el momento, eso es todo.

Nathan volvió a sentarse y, unos minutos después, Gil daba por finalizada la reunión.

Sorprendido por las noticias, Sam pensó en Alex Santiago, que no había crecido en Texas y que había llegado a Royal hacía poco tiempo. También se había comprometido recientemente con Cara Windsor. Sin saber por qué, Sam miró hacia donde estaba Chance McDaniel, que había salido con Cara antes que Alex. Su expresión era imperturbable, tenía la vista clavada al frente y el ceño ligeramente fruncido.

¿Le habría dolido mucho que Cara y Alex se prometiesen? Sam se había hecho aquella pregunta desde que Alex había desaparecido.

Sacar conclusiones precipitadas no era bueno, pero era imposible no sospechar de Chance, que tendría un motivo para querer quitar a Alex de en medio.

Al mismo tiempo, a Sam le caía bien Chance y no quería que sus peores sospechas se hiciesen realidad. Esperaba que Chance no tuviese nada que ver con aquello.

Antes de marcharse a casa, se detuvo delante de la que sería la nueva sala de billar. La vida estaba cambiando. ¿De verdad era tan anticuado como Lila le había dicho? Lo cierto era que no podía imaginarse el club lleno de niños. Pensó que se podría haber construido otro edificio al lado de aquel y haber puesto allí la guardería. Así, todos habrían estado contentos.

El tiempo diría si la guardería había sido una buena decisión o no. Iba a marcharse cuando vio algo encima de una silla, en un rincón. Se acercó y vio que eran unos papeles y un tubo para guardar documentos en el que estaba escrito el nombre de Shannon. Lo más probable era que ella lo hubiese dejado todo allí mientras asistía a la reunión.

Se dio la vuelta para marcharse y en ese momento entró Lila.

—Me he olvidado unas cosas y venía a buscarlas.

–Pensaba que eran de Shannon –le dijo él, dándole los papeles y el tubo.

Sus manos se rozaron y la sensación fue eléctrica.

–¿Se ha terminado ya la reunión? –le preguntó Lila.

–Hace unos minutos. He pasado a ver la nueva sala de billar.

–Estoy segura de que preferirías que no hubiese ningún cambio ni en esta habitación ni en la sala de billar original.

–Ahí te equivocas. Está todo muy anticuado. Y no tengo nada en contra de los niños. No me conoces ni la mitad de bien de lo que piensas, pero eso es algo que se puede remediar. Me encantaría que me contases cómo es tu trabajo en California y por qué aquello es mucho mejor que Texas.

–Por mí, encantada. California es un lugar estupendo porque allí puedo ser independiente y estar sola, cosa bastante complicada aquí, en Royal, donde veo a mi padre por todas partes.

–Si el problema es ese, puedo llevarte a un lugar en el que no tendrás que ver a tu padre. Podemos hablar de ello en el bar que hay en el patio, se está muy fresco. A estas horas se está muy bien en la calle si te encuentras en el lugar adecuado. Ven a tomarte algo conmigo y luego te llevaré a cenar. O, si quieres más privacidad, a mi casa, donde te aseguro que nadie te molestará.

–Salvo tú, Sam, que ya eres bastante perturbador –le respondió ella con los ojos brillantes.

Él sonrió.

–Cariño, estás tan guapa que cortas el aliento –le dijo, mirándola a los ojos.

–Gracias, Sam.

–Vamos a tomar algo. ¿A qué estamos esperando?

De repente, la expresión de Lila cambió y negó con la cabeza.

–Es una propuesta muy tentadora, pero tengo que marcharme a casa.

Hizo amago de alejarse, pero Sam le tocó el brazo.

–Quédate y te prometo que lo pasarás bien. Luego te llevaré a casa y mañana iré a por ti para que vengas a buscar el coche.

–Muchas gracias, pero no, tengo que irme. Le he prometido a Shannon que pensaría en lo de la guardería. Ya nos veremos.

Sam la vio marchar sorprendido. ¿Por qué lo estaba evitando? Tan pronto estaba receptiva como se cerraba completamente, como si fuesen dos desconocidos. ¿Qué había cambiado entre ellos desde el fin de semana que habían estado juntos? Apagó la luz de la sala de billar, salió al pasillo y la siguió.

Sus ideas acerca del club y de la guardería eran distintas, pero aquel no podía ser el motivo de su frialdad.

Observó que salía por la puerta y se preguntó si habría hecho algo que la hubiese molestado. ¿O le asustaba sentirse atraída por alguien de Royal y empezar una relación mientras vivía en California? Estaba seguro de que, si Lila se había marchado a casa, no era porque tuviese que trabajar en el proyecto de la guardería. Tenía que haber otro motivo.

A él no se le ocurría ninguno. Otro rompecabezas más en su vida, pero aquel era personal. Quería conocer mejor a Lila, pero era evidente que ella no se lo iba a permitir a pesar de que estaba seguro de que seguía sintiéndose atraída por él.

Capítulo Tres

Lila fue a su coche lo más rápidamente posible, consciente de que tenía a Sam detrás, observándola. Deseó poder dejar de coquetear con él. Por un instante había deseado olvidarse de sus preocupaciones y aceptar su invitación, permitir que la animase, porque estaba segura de que lo habría hecho. A pesar de ser conservador, lo pasaba bien en su compañía.

Pensó que su madre debía de haber pensado lo mismo de su padre. Sam se parecía demasiado a él, así que lo mejor era guardar las distancias, pero ya era demasiado tarde. Antes o después tendría que contarle que estaba embarazada, pero quería hacerlo justo antes de marcharse a California.

Se subió al coche y condujo hasta el rancho de su familia. Su casa.

Esa noche, mientras cenaban carne asada con patatas, su padre les estuvo hablando de su día. Por un instante, Lila deseó haber aceptado la invitación de Sam; estaba segura de que se lo habría pasado mucho mejor que escuchando a su padre quejarse sin cesar de demasiadas cosas.

–Nathan nos ha dado una noticia en la reunión de hoy. Los medios de comunicación todavía no lo saben, así que no es público –comentó Beau, mirando a su esposa y después a Lila–. Han encontrado el coche de Alex Santiago abandonado y escondido entre unos matorrales, no muy lejos del pueblo.

–No me da buena espina –dijo Barbara con el ceño fruncido.

–No –admitió Beau–. Todavía lo están investigando, pero yo tengo la sensación de que han secuestrado a Alex, o algo peor.

–¿Habrá sido al azar o alguien que conocía a Alex? –dijo Barbara sacudiendo la cabeza–. Sé que nadie tiene respuesta para esa pregunta, pero es inquietante. Tu amiga Sophie trabajaba para él, ¿no?

–Trabaja para él –la corrigió Beau.

–Sophie todavía va al trabajo. Y Zachary Lassiter comparte despacho con ellos –dijo Lila.

–Ten cuidado cuando salgas del rancho solo, Beau. Al menos, hasta que sepamos lo que ha ocurrido…

–No te preocupes por mí. Llevo la pistola en el coche y siempre salgo con el teléfono. Además, suelo ir acompañado.

–Es horrible que haya desaparecido un hombre. Sobre todo, aquí.

–Esas cosas ocurren en todas partes, mamá –comentó Lila.

–Pero la que vive en una ciudad llena de peligros eres tú –puntualizó su padre, sirviéndose más carne.

Lila intentó comer un poco. Había perdido el apetito, pero no quería que su padre se diese cuenta.

–No hemos hablado del tema –añadió él–, pero he oído que vas a colaborar con el proyecto de la guardería.

–Shannon me ha pedido que les eche un vistazo a los planos y les diga si se me ocurre algo más.

–Un local nuevo estaría bien –dijo Beau riéndose solo de su broma–. Me resulta un poco incómodo que participes en ello. De hecho, es una vergüenza para toda la familia.

–Beau, solo va a mirar los planos y a hacer alguna sugerencia –intervino Barbara en tono dulce–. No te pongas quisquilloso el poco tiempo que la tenemos en casa con nosotros.

–Sí, nos alegramos mucho de que estés aquí, cariño. Ojalá encontrases un trabajo en Royal y te quedases, y que te casases con alguien del pueblo antes de que algún californiano se te lleve para siempre.

–Si eso ocurre, quiero tu habitación –dijo Hack.

–Por favor, Hack –lo reprendió su madre–. No. Lila siempre tendrá su habitación. Y la tuya es tan grande como la suya, así que no tienes de qué quejarte.

Lila hizo caso omiso del comentario de su hermano y sonrió a su padre.

–A mí también me gusta estar en casa, papá.

Después de la cena, Beau se fue a ver la televisión mientras la cocinera, Agnes, recogía la mesa.

–Mamá, me voy a mi habitación. Estoy agotada y quiero echarles un vistazo a los papeles que Shannon me ha dado.

–Por supuesto, yo subiré también en un rato.

Una vez en su habitación, Lila encendió el ordenador y buscó las mejores guarderías de los Estados Unidos para ver cómo eran. Una hora después sacó los planos que Shannon le había dado.

Empezó a tomar notas de los cambios que habría hecho si de ella dependiese y poco después oyó que llamaban a la puerta de su habitación.

–¿Puedo pasar? –preguntó su madre.

–Por supuesto. ¿Quieres ver cómo va a ser la guardería?

Su madre entró, se sentó a su lado y miró los papeles que Lila le enseñaba.

–Parece todo muy moderno. Y me alegro de que estés colaborando. ¿Cómo te encuentras?

–Bien. Estoy cansada, pero bien.

–Lila, tienes que decidir qué vas a hacer. A mí me gustaría que vinieses a casa a tener el bebé.

–No sé lo que voy a hacer, mamá. Todavía lo estoy pensando.

–Por favor, ven a casa. Yo cuidaré del bebé y

de ti. Además, antes o después tendrás que contárselo a Sam. A Sam, y a tu padre.

–Ya lo sé. Quiero decírselo a Sam en persona. Ocultárselo no es buena idea, ¿verdad?

Barbara se limitó a sonreír y a esperar.

–Tengo que contárselo, pero quiero hacerlo justo antes de marcharme a California.

–No me parece mal, aunque dudo que la distancia entre Texas y California vaya a frenar a Sam Gordon. Esos chicos crecieron teniendo como padre a un duro ranchero. Lila, Sam va a querer casarse contigo. Y yo, que he criado a dos hijos, quiero que lo pienses bien antes de decirle que no.

–Mamá, sabes muy bien la clase de esposa que quiere Sam. Una mujer como tú. Una mujer dulce, que lo divierta. Yo sé que tú siempre consigues lo que quieres y que papá ni siquiera se da cuenta de que lo estás manipulando...

–Yo no diría tanto.

–Por supuesto que sí –continuó Lila sonriendo–, pero no trabajas fuera de casa. A papá le daría un ataque si lo hicieras. Y a mí me encanta mi trabajo. No quiero dejarlo ni venir a vivir a Royal.

–Solo te pido que lo pienses. Criar a un hijo es difícil, y sola, mucho más.

Lila pensó en Gil Addison y en Cade. Gil parecía siempre agobiado y en ocasiones, triste. ¿Sería por la falta de una madre para Cade y una esposa para él?

—Si lo rechazas, debes saber que no va a ser fácil. Sam Gordon no es de los que se rinden sin más. Ha venido a cenar muchas veces a casa. Es un buen hombre, Lila.

—Ya lo sé, mamá.

—También tienes que contárselo a tu padre.

—Te he prometido que lo haré antes de marcharme, pero primero quiero tomar algunas decisiones. Papá va a querer tomarlas por mí. Estoy segura de que él también va a querer que me case con Sam, pero ahora no me apetece pensar en eso. Ni tampoco me apetece oír los comentarios de Hack.

—Si quieres, podría decírselo yo a papá y que él se lo cuente a tu hermano.

—Deja que lo piense —le pidió Lila, deseando poder volver a California en ese mismo momento.

Barbara se levantó y la abrazó.

—No te preocupes. Me alegro de que estés en casa. Y, por supuesto, si es necesario iré a California cuando el bebé haya nacido.

—Gracias.

—Hagas lo que hagas, te apoyaré.

Lila le apretó la mano a su madre.

—Sigues siendo la mejor madre del mundo.

Barbara se echó a reír.

—Te quiero, Lila, y me encanta tenerte en casa. Voy a ver a tu padre, que ya estaba dormido cuando he venido aquí.

Lila volvió a mirar los planos. Apuntó un par de ideas más y luego se puso a pensar en Sam. ¿Cómo iba a decírselo?

El miércoles por la mañana y a pesar de no querer ver a Sam, no pudo evitar preocuparse por su aspecto. Se había cambiado dos veces antes de decidirse por un vestido sencillo de color verde, sin mangas y con escote en pico. Antes de ir a Royal se había comprado ropa nueva que ocultase su cintura.

No quería encontrarse con Sam y que él se diese cuenta de que su cuerpo estaba cambiando. Se cepilló el pelo y se lo recogió. Volvió a mirarse al espejo y por fin se sintió satisfecha.

Al llegar al club, extendió los planos sobre la mesa de juegos de la futura sala de billar para volver a estudiarlos mientras esperaba a Shannon.

Su teléfono la interrumpió. Era Shannon.

–Lila, lo siento, pero no voy a poder ir. Hay una vaca pariendo y no puedo marcharme de aquí. El veterinario viene de camino. Lo siento mucho, porque estoy segura de que ya estás en el club.

–No te preocupes, nos veremos mañana. Ahora, concéntrate en la vaca. Quedamos en el mismo lugar y a la misma hora, ¿de acuerdo?

–Muchas gracias. Tengo que dejarte.

Lila estaba recogiendo las cosas cuando Sam

entró. Solía vestir de manera informal, pero esa mañana llevaba un traje oscuro y corbata, camisa blanca y botas negras. A Lila se le aceleró el corazón al verlo.

–Buenas tardes... Parece que te marchas.

–Había quedado aquí con Shannon, pero acaba de llamarme para decirme que no puede venir. Tiene una vaca pariendo y al veterinario a punto de llegar.

–Supongo que ibas a comer con ella, y como comer en el club es todo un placer que no quiero que te pierdas, te invitaré yo.

–Vengo a comer aquí muchas veces con mi familia –respondió ella divertida.

Él sonrió todavía más.

–Te prometo que intentaré ocultar mi faceta machista y que te lo pasarás bien.

–Tengo que admitir que me gusta oírte aceptar que eres anticuado y machista.

–Venga. Ibas a comer aquí con Shannon. Puedes comer conmigo. Hasta podemos hablar de la guardería, si tú quieres.

–La guardería no te interesa lo más mínimo, así que no finjas lo contrario.

–No he dicho que fuese a fingir, solo he dicho que podíamos hablar de ello... Tú hablarás y yo te escucharé. Deja que lleve tus cosas.

–Eres muy tenaz, Sam.

–Solo cuando se trata de cosas importantes y que me interesan, y la mujer más guapa de Royal, Texas, ha vuelto al pueblo –le dijo él.

Lila sacudió la cabeza. La propuesta era tentadora. No entendía qué le pasaba con Sam. Supo que debía rechazar la invitación, pero no lo hizo.

—Me alegro de que vayamos a comer juntos —añadió Sam con voz ronca—. Venga, háblame de la guardería.

La agarró del brazo y la guio hacia la puerta. Lila supo que era el momento de rechazarlo, pero le resultó mucho más sencillo echar a andar a su lado.

—Todo está avanzando muy deprisa porque Shannon y las demás mujeres ya han hablado con la empresa de construcción. Me sorprende que Gordon Construction no haya intentado hacerse con el proyecto.

—No. Estamos muy implicados en el club y no quería que hubiese un conflicto de intereses.

—¿Quieres decir que no querías tener nada que ver con la guardería?

Sam sonrió.

—Cariño, tienes una idea muy equivocada de mí.

—¿Te has parado a pensar que lo de llamarme «cariño» suena un tanto humillante?

—¿Cariño? ¿Humillante? En absoluto, Lila —le dijo él, girándose a mirarla.

Estaba demasiado cerca, la estaba mirando fijamente y la había agarrado de la muñeca.

—Es una manera cariñosa de llamar a una

persona especial, femenina e importante para mí –continuó en voz baja.

Lila sintió que se derretía.

–Me parece que esta comida se está convirtiendo en algo demasiado personal.

–No tiene por qué –respondió Sam en tono alegre, apartando la mano y echando a andar hacia el comedor.

–¿Qué haces hoy por aquí? –le preguntó ella.

–He venido a reunirme con un cliente. Nos ha encargado que construyamos una clínica, así que he quedado aquí con él para tomar un café y que me contase lo que quiere. Es un buen lugar para reunirse.

–En eso estoy de acuerdo, mi padre también lo hace de vez en cuando –admitió Lila.

Entraron en el comedor y ella esperó mientras Sam hablaba con el maître. Luego se sentaron y el camarero les sirvió agua y les dejó las cartas. Lila tardó muy poco tiempo en decidirse.

–¿Qué vas a tomar? –le preguntó Sam.

–Ya lo he decidido. ¿Y tú?

No quería que Sam pidiese por ella, cosa que sabía que le gustaba hacer. Decidió que, si se comportaba como la mujer independiente que era, tal vez no la volviese a invitar a comer.

–Lo de siempre, una hamburguesa. Están deliciosas, aunque no tanto como otras cosas en esta vida.

–¿Y cuál es tu hamburguesa favorita? –le preguntó ella.

–La de champiñones y queso suizo. Te la dejaré probar, salvo que quieras lo mismo.

–Por supuesto que no. Tú y yo no nos parecemos absolutamente en nada, y eso incluye la comida –respondió Lila sonriendo–. Deja que lo adivine… vas a beber té con hielo.

–Sí, y lo sabes porque comiste conmigo después de la mejor noche de toda mi vida.

–Vaya. ¿Quieres que te cuente yo cuál fue una de las mejores noches de mi vida? –le preguntó ella en tono meloso.

–Por supuesto, y espero que fuese la misma que la mía.

–Pues siento decepcionarte. La mejor noche de mi vida fue cuando me enteré de que iban a utilizar en una película todas las sugerencias que yo había hecho. Me encantó ver que estaban impresionados con mi trabajo.

–Enhorabuena.

El camarero volvió a tomarles nota.

–Tomaré una ensalada César sin pollo y, para beber, agua. Y el señor Gordon quiere una hamburguesa de champiñones y queso suizo, con la carne en su punto, y un té con hielo. Póngalo todo en la cuenta de mi familia, Hacket –terminó, sonriendo al camarero.

–Sí, señorita Hacket –respondió él. Luego miró a Sam–. ¿Algo más?

–Sí, algo más. Póngalo todo en mi cuenta.

Insisto. He sido yo el que ha invitado a la señorita Hacket a comer conmigo –dijo Sam en tono autoritario.

–Sí, señor.

–Sabes cómo me gusta la carne –le dijo Sam a Lila, divertido.

–He supuesto que eras el típico machito al que le gusta la carne roja –respondió ella, segura de que le había molestado que pidiese en su nombre.

–¿Y has querido que tu padre se enfadase conmigo cuando viese la cuenta, o hacer que vea cómo te sientes cuando pido por ti, una mujer tan independiente? –le preguntó.

–Lo cierto es que en ningún momento he pensado en mi padre. No, lo que quería era que vieras cómo se siente una cuando piden por ella como si fuese una niña de cinco años que no sabe leer.

–Bueno, cariño, pues debes saber que a mí no me importa en absoluto que pidas por mí –continuó Sam en tono seductor, alargando la mano para tocar la suya–. No quiero hacer nada que te haga infeliz, o que no te haga sentirte la mujer atractiva e inteligente que eres. Es cierto que tu independencia es como una piedra en mi bota, pero hay momentos en que se te olvida y solo por ellos merece la pena tener paciencia.

Lila pensó que Sam no había reaccionado como ella se había esperado.

—Sam —le respondió, apartando la mano—. La gente pensará que somos pareja.

—¿Y... tan horrible te parece?

Ella sonrió de oreja a oreja y deseó poder hacer algún comentario desenfadado. Sam se echó hacia atrás, satisfecho, como si acabase de ganar su última contienda. Lila se preguntó por qué había permitido que la convenciese para comer con él.

—Para empezar, no somos pareja. Y, para continuar, no quiero tener que responder a un montón de preguntas innecesarias.

—A mí no me importaría que fuésemos pareja. Y no me parece tan difícil responder a las preguntas. Con un «sí» o un «no» es suficiente, creo yo.

—Bueno, tal vez si tomases la mano de todas las mujeres con las que comes la gente se conformaría con un «sí» o con un «no». Entonces, ¿tu hermano y tú no habéis querido tener nada que ver con la guardería?

—Yo no he dicho eso, y has cambiado de conversación muy bruscamente.

—Sí, porque la anterior se estaba volviendo demasiado personal. Estamos comiendo en el club y mi padre se entera de todo lo que ocurre aquí.

—Para empezar, tu padre y yo somos buenos amigos. Y, para continuar, sabes muy bien que le encantará saber que te relacionas con miembros del club. Además, solo estamos comiendo.

Ella le sonrió.

—Es verdad, Sam. Solo estamos comiendo. Cuéntame, ¿quién ha sido la última mujer de tu vida? Tengo que conocerla.

Lila le dio un sorbo a su vaso de agua y miró a su alrededor. Esperó haber convencido a Sam de que comer con él no tenía ninguna importancia para ella.

Cuando el silencio se alargó demasiado, lo miró y se dio cuenta de que la estaba observando atentamente. Se alegró de que no se le notase la cintura.

—En estos momentos no hay ninguna mujer en mi vida —respondió Sam—, pero sí que me gustaría que la hubiese y no hace falta que te diga quién es. Lo sabes muy bien.

—Eso es imposible.

—No tiene nada de imposible.

—Ya te lo he dicho. ¿Es que no me escuchas? Somos todo lo contrario y ninguno de los dos va a cambiar.

—Ven a cenar conmigo esta noche. Bailaremos y te demostraré que no somos tan distintos.

—Gracias, pero ya tengo planes. ¿A qué te dedicas ahora, Sam? ¿Qué estáis construyendo?

—Estoy intentando construir una relación con una mujer muy bella y reacia —respondió él, inclinándose hacia delante—. Aunque tengo la sensación de que es una reticencia solo superficial, Lila. Averiguaré el motivo o lo superaré. ¿Sales con alguien en California?

–No quiero entrar en eso –le dijo ella, comiendo la ensalada–. Se te está enfriando la hamburguesa.

–Ajá, eso es un «no» –comentó Sam con satisfacción.

–No puedes saberlo –replicó Lila, pensando que Sam tenía unos ojos muy expresivos.

Luego miró su boca y recordó sus besos, y entonces se dio cuenta de lo que estaba haciendo. Levantó la vista a su mirada y vio que sus ojos azules la estudiaban con satisfacción.

Entonces centró toda la atención en la ensalada. Aunque no pudo evitar ruborizarse.

–Esta comida no está resultando como esperaba.

–¿Quieres que deje de molestarte? –le preguntó Sam en tono divertido–. Háblame de ese rodaje en el que vas a trabajar.

–La película es contemporánea, pero los escenarios son del Oeste y aquí hay algunos ranchos que podrían ser perfectos para determinadas escenas. En la medida de lo posible, lo prepararemos todo antes de que llegue el reparto.

–Ojalá tuviese un rancho.

–Esta zona es muy interesante y los pueblos siempre tienen un ambiente especial.

–Sí. Sobre todo si hay una tormenta de arena.

–No, gracias. No nos hace falta para esta película.

–¿Se puede ir a ver el rodaje?

–Habrá una zona para el público, pero para estar cerca en algunas escenas habrá que tener una invitación. ¿Quieres que te la consiga?

–No, gracias. Paso. ¿Hay alguien en el rodaje que haya montado alguna vez a caballo?

–Seguro que sí.

–Háblame de ese trabajo tuyo tan fascinante. ¿Qué es exactamente lo que haces? ¿Colocar muebles en un escenario?

Lila se echó a reír.

–A veces, aunque también algo más. Ayudo a crear un determinado ambiente en la película a través de los escenarios. La localización es vital. Yo estudio los sitios, superviso los decorados. En ocasiones encontramos los decorados adecuados y otras hay que crearlos. Es interesante, emocionante, cada trabajo es diferente porque cada película es distinta.

–Pues sí, parece interesante. ¿Y qué hay de los tipos atractivos de las películas?

–Solo son personas.

–Lo dices como si de verdad lo pensases.

–Es lo cierto, en la pantalla parecen otra cosa, pero en la vida real son personas normales y corrientes.

–Me alegra oírlo. ¿Y te gusta volver a estar en casa?

–Por supuesto.

–Si trabajases en Midland, vendrías mucho más, pero también estarías viviendo fuera.

—No creo que se hagan muchas películas en Midland.

—Supongo que no —admitió él, mirándola con aire pensativo.

Lila dejó la mitad de la ensalada porque no podía más y se dio cuenta de que Sam solo se había comido media hamburguesa. El camarero se acercó a Sam para que firmase la cuenta.

—Gracias por la comida —le dijo ella, levantándose.

Él la imitó y dio la vuelta a la mesa para ayudarla.

—Me voy a casa —anunció Lila.

—¿No puedo convencerte para que cenes conmigo esta noche?

Ella negó con la cabeza.

—Lo siento, pero tengo planes. Muchas gracias otra vez.

—Te acompañaré hasta el coche.

Se puso a su lado y le quitó los planos y demás papeles de la mano.

—¿Se ha sabido algo más de Alex? —preguntó ella.

—No que yo sepa. Nathan todavía no ha hecho público lo de su coche, pero supongo que en Royal ya lo sabe casi todo el mundo.

—Seguro que sí. Sophie sigue trabajando en su despacho, así que espero que esté bien. Imagino que Nathan estará alerta.

—Yo creo que sí, así que Sophie debería estar

bien. La única relación que tenía con Alex era laboral.

Lila se detuvo junto a un coche azul oscuro.
–Gracias.
–¿Tienes coche nuevo?
–No, es de mi padre –respondió, subiéndose y arrancando.

Bajó la ventanilla y Sam se inclinó para continuar hablando.

–La comida ha sido divertida, aunque sería mucho más divertido que cenásemos juntos. Volveré a intentarlo.

–Ríndete, Sam. Estamos mejor cada uno por su lado –le respondió ella, casi sin aliento al verlo tan cerca.

Sam se acercó todavía más.

–¿Ves, Lila? –le dijo en voz baja–, estás respondiendo. Entre nosotros saltan chispas. Estoy seguro de que tienes el pulso acelerado. Y te diré algo: el mío también lo está. Siento lo mismo que tú.

–Eso da igual –susurró Lila–, porque no va a haber nada entre nosotros. Ahora, apártate.

Él metió el brazo dentro del coche, la agarró de la nuca y se inclinó a besarla.

Capítulo Cuatro

Lila salió del aparcamiento con el corazón a punto de explotarle.

Espiró. Tenía las manos húmedas de sudor. Le costaba trabajo respirar y sentía un cosquilleo en los labios. Deseó que Sam no fuese tan anticuado. Era divertido y, en ocasiones, le resultaba irresistible.

El cuerpo de Lila estaba cambiando con el paso de los días y corría el riesgo de que Sam se diese cuenta, así que no podía seguir aceptando sus invitaciones. ¿Cómo iba a contarle que estaba embarazada?

Sam se quedó donde estaba unos segundos. No podía desearla más.

¿Por qué lo evitaba ella? Había accedido a comer con él, pero solo porque había insistido mucho, y se había negado rotundamente a que cenasen juntos. No obstante, se le había acelerado el pulso cuando la había agarrado de la muñeca. Tantas contradicciones tenían que tener un motivo.

Por su parte, Sam no podía evitar pasarse

por la sala de billar a buscarla cada vez que iba al club. Durante la comida, Lila había hecho un esfuerzo por remarcar sus diferencias, pero, al mismo tiempo, había respondido físicamente a él. ¿Por qué no quería que saliesen juntos?

Sam no se podía creer que la razón fuese sus diferencias acerca de las mujeres y de la guardería. Tenía que haber un motivo más profundo.

Volvió al trabajo, estuvo unos minutos hablando con Josh y después se encerró en su enorme despacho. ¿Por qué estaba Lila intentando evitarlo? Parecía dividida entre responder a él y rechazarlo.

Si Sam hubiese tenido claro que no quería nada con él, la habría dejado tranquila y se habría esforzado en olvidarla, pero no era así. Quería saber qué le ocurría y quería pasar un fin de semana con ella, haciendo el amor.

¿Tendría a alguien en California?

Apoyó la espalda en el respaldo de su sillón y se frotó la frente. Si hubiese tenido novio, Lila habría sido más firme en sus negativas y se lo habría dicho. ¿Qué más podía ser? Sam se rascó la cabeza y suspiró. Se puso en pie y se acercó a la ventana.

Necesitaba salir con ella y averiguar cuál era el problema que había entre ambos, u olvidarla. Pero esto último le resultaba imposible. No podía dejar de pensar en ella. Tal vez consiguiese sacársela de la cabeza si pasaban otra noche juntos. O no. Así jamás se olvidaría de ella. No quería una sola noche, sino infinitas.

Decidió ponerse a trabajar. Tenía un contrato para construir una mansión de siete millones de dólares en Pine Valley, donde él vivía. Y tenía que salir y hacer algo para dejar de pensar en Lila.

El jueves, Lila se duchó para prepararse e ir otra vez a Royal, a encontrarse con Shannon. Cansada de los vestidos anchos, se puso unos pantalones morados y una camiseta sin mangas a juego. Se miró en el espejo y se dio cuenta de que ya tenía el vientre ligeramente redondeado y se estaba quedando sin cintura. Como en el club había aire acondicionado, tomó un jersey ligero, de manga corta, y se lo puso.

Volvió a mirarse en el espejo y se sintió satisfecha. Se peinó y se dejó el pelo suelto. Luego tomó el bolso, el cuaderno y el tubo de documentos con los planos dentro.

Al entrar en la sala de billar, vio allí a Shannon con otras mujeres. Lila saludó a Abby Price, a Missy Reynolds y a Vanessa Woodrow. Unos minutos después estaban sentadas alrededor de una mesa, compartiendo sugerencias.

Una hora más tarde pasaron al comedor, donde siguieron planeando la guardería mientras comían. Habían terminado y se estaban tomando un té con hielo cuando Lila tuvo una sensación extraña. Miró a su alrededor y vio a Sam en la puerta. El corazón le dio un vuelco al ver que la miraba y, por un instante, sintió que se perdía en sus ojos.

Tuvo que hacer un esfuerzo para apartar la mirada y volver a centrarse en la conversación que había en su mesa.

Unos segundos después no pudo resistir la tentación de volver a mirar hacia la puerta, pero Sam había desaparecido. Sospechó que lo vería más tarde, ya que siempre aparecía cuando menos se lo esperaba.

Cuando todas las mujeres volvieron a la sala de billar, llegaron a la conclusión de que querían que la guardería fuese un lugar alegre y colorido, y que hubiese una zona separada para los bebés.

Shannon miró su lista.

–Habrá cámaras de seguridad y los padres podrán ver a sus hijos a través de un circuito cerrado.

–También habrá alarmas, y siempre habrá dos personas en el mostrador de entrada –añadió Missy.

Un rato después se marcharon las demás y quedaron solo Shannon y Lila.

–Creo que va a ser una guardería genial –comentó Lila.

–Gracias por tu ayuda. La tienda de California de la que nos hablaste para los cuadros es maravillosa.

–Me alegro de que te haya gustado. A mí me encanta ir cuando tengo que hacer un regalo.

–Estamos logrando más ayuda, incluso de algunos miembros que al principio se opusieron a la creación de la guardería.

–Pero no de los Gordon.

–No. Los dos se han opuesto completamente. Y tu padre también. Hay personas que no cambian nunca.

–Mi padre no va a cambiar, estoy segura, y Hack va a ser igual que él, o peor, pero a mi madre le encanta la idea. El club femenino de lectura va a hacer una donación y creo que mi madre también. Aunque mi padre jamás lo sabrá –le contó Lila riendo.

–Qué bien. Queremos que sea el mejor lugar posible para los niños. Hoy no hemos hablado del tema, pero creo que hemos fundido todo el presupuesto.

–Seguro que podemos conseguir más dinero.

–Bueno, te llamaré si hace falta que volvamos a reunirnos.

–Por supuesto, aunque cuando vuelva al trabajo ya no podremos vernos.

–Lo sé. Yo también me marcharé a Austin pronto. Estoy deseando ver a Rory –admitió Shannon.

Esta se marchó y Lila se quedó recogiendo sus cosas y recordó que su madre se había ido a Midland con unas amigas y que no llegaría a casa hasta tarde. Su padre estaba en Houston, con su tío. Y ella no quería ir a casa y tener que aguantar a Hack. Antes de salir de la habitación, miró a su alrededor.

–¿Echándole un último vistazo antes de que la reformen? –preguntó una voz de hombre a sus espaldas–. Acabo de cruzarme con Shannon y me ha dicho que habéis terminado por hoy.

–Eso es.

Sam se detuvo muy cerca de ella. Demasiado cerca, y a Lila se le aceleró el pulso.

–Ven a tomarte algo conmigo. Podemos sentarnos en la terraza o dentro, en el bar, donde hay aire acondicionado.

Lila dudó un instante.

–Eso es un «sí» –añadió Sam, quitándole el cuaderno de las manos–. Yo te lo llevaré.

–Estás muy seguro de ti mismo –le dijo ella.

Se fijó en que llevaba una camisa azul de manga corta, con los dos primeros botones desabrochados, vaqueros ajustados y botas, y parecía recién salido de un rancho. Aunque Sam casi siempre vestía como un ranchero, tal vez porque trabajaba mucho con ellos y porque había crecido en un rancho.

–No tienes nada más que hacer y no te veo con prisa por volver a casa.

–¿Cómo sabes todo eso? Aunque tienes razón –admitió Lila sonriendo–. Estaba pensando que mi madre está en Midland, mi padre en

Houston con mi tío, y que mi hermano tendrá tantas ganas de pasar tiempo conmigo como yo con él.

–Así que el afortunado que va a disfrutar de tu compañía soy yo. Sabía que venía al club por algún motivo. ¿Qué tal va la guardería? –preguntó Sam.

–Tenemos muchos planes y la reforma de la antigua sala de billar está avanzando más deprisa de lo que esperaba.

–Bien.

–Me sorprende oírte decir eso.

–Es un hecho consumado, así que tengo que aceptarlo.

–Es una buena actitud –comentó ella, preguntándose si era del todo sincero.

–¿Sabes jugar al billar?

–Sí.

–¿Quieres jugar? Te daré ventaja.

–Quiero jugar, pero no hace falta que me des ventaja –respondió ella, preguntándose por qué estaban todo el tiempo retándose el uno al otro.

Él sonrió, fue a por los tacos y le ofreció uno. Colocó las bolas.

–Empieza tú.

–De acuerdo –respondió Lila, decidida a ganarle.

–En estas mesas se han echado muchas partidas y se han cerrado muchos tratos –comentó él cuando fue su turno.

–Se han hecho tratos en todo el club. Sería interesante saber cuál ha sido la cantidad más alta de la que se ha hablado.

–No solo se han hecho negocios, sino que también se han hecho proposiciones de matrimonio, reuniones clandestinas, e incluso se han tratado casos de divorcio. Y seguro que se han hecho muchas apuestas. ¿Quieres que apostemos ahora?

Sam se incorporó y miró su bola, luego volvió a tirar.

–Tal vez. Si pierdo, ¿qué me costaría?

–Si yo gano –le respondió él–. Me das un beso.

–Solo un beso –comentó ella, como si sus besos no la volviesen loca–. Está bien.

Y entonces supo lo que quería si ganaba ella.

–Si yo gano, harás una donación para la guardería –le dijo–. Y tendrá que ser de más de cincuenta dólares.

–Trato hecho –respondió Sam sonriendo.

Lila se concentró en el juego y estuvieron unos minutos jugando en silencio, más o menos empatados.

Pero de repente cometió un error y poco después la partida era de Sam.

Después de ganar, él se acercó a ella, le quitó el taco de la mano y colocó ambos en su sitio.

Lila lo observó con el corazón acelerado.

Él la miró a los ojos y se acercó, la agarró por la cintura e inclinó la cabeza muy lentamente para terminar rozándole los labios con los suyos. Después profundizó el beso y Lila sintió que se derretía entre sus brazos, gimió suavemente casi sin darse cuenta.

Poseída por el deseo, hundió los dedos en su pelo. ¿Por qué? ¿Por qué la atraía tanto si eran tan diferentes?

Sam siguió besándola y el tiempo se detuvo. Ella respondió y deseó que no hubiese barreras entre ambos. Quería más. Quería pasar horas haciendo el amor con él.

Cuando el beso terminó, Lila estaba sin aliento.

–¿Quieres que echemos otra partida? –le preguntó él con la voz ronca.

–No, gracias.

Sam tomó su mano.

–Tal vez más tarde. Ven. Vamos al bar a tomar algo fresco y charlar.

Unos minutos después estaban sentados en el bar, donde solo había otra media docena de miembros más. De fondo sonaba una música suave.

–Un *ginger ale* –pidió Lila cuando el camarero acudió a tomarles nota.

–Una cerveza, patatas fritas y queso –dijo Sam–. ¿Un *ginger ale*?

–Es lo que me apetece y, además, tengo que conducir.

–No hace falta –le aseguró él, cruzándose de brazos e inclinándose sobre la mesa para estar más cerca de ella–. Yo te llevaré a casa. O, todavía mejor...

–No lo digas –le pidió ella sonriendo–. Me voy a ir a dormir a casa.

–Pero dentro de un buen rato. Cuéntame cómo conseguiste ese trabajo que tanto te gusta. ¿Es a eso a lo que fuiste a Hollywood?

–Sí, aunque empecé mucho más abajo y cuando quedó libre el puesto lo pedí y tuve que pasar por varias entrevistas, como tantos otros.

Sam la escuchó atentamente y ella lo miró y pensó que nunca había visto unos ojos tan azules. Lila trabajaba con estrellas de cine, con hombres considerados guapos y sensuales, pero ninguno había tenido en ella el efecto que tenía Sam. Y eso la molestaba y la intrigaba al mismo tiempo.

Charlaron, rieron, y Lila perdió la noción del tiempo, pero cuando oyó que un pianista empezaba a tocar giró la cabeza y se miró el reloj.

Sam puso la mano encima de él para ocultárselo.

–Es la hora de cenar, y tal vez de bailar un poco. Todavía es temprano. Podemos cenar aquí mismo.

Llamó al camarero y pidió la carta.

–No puedes evitar querer controlarlo todo, ¿verdad?

–¿Alguna objeción?

–Por supuesto que no. Es algo innato en ti. Estoy segura de que, teniendo un hermano gemelo, competíais y os peleabais mucho. Porque imagino que Josh es tan mandón como tú.

A juzgar por la expresión de Sam, había dado en el clavo y acababa de tocar un tema delicado.

–Nos peleábamos, mucho. Y somos muy competitivos, pero también nos hemos apoyado siempre. Podemos trabajar juntos y el negocio ha sido algo bueno para ambos.

–Me alegro, Sam. Yo no sé lo que es eso. Hack es mucho más joven que yo. Cuando era pequeño me parecía un encanto. Era mi muñeco y ayudaba a mi madre con él. Pero mi padre lo está malcriando. Mi madre es consciente de ello e intenta que mi padre sea más firme con él, pero no lo consigue. Cuando Hack dejó de ser un niño pequeño, también empezamos a pelearnos. Ahora solo me resulta molesto, aunque la mayoría del tiempo no nos hacemos caso el uno al otro. Nos hemos distanciado y no creo que eso vaya a cambiar. Hack es muy bueno con mamá, pero luego hace cosas a sus espaldas. No sé si algún día podremos llevarnos bien y no me imagino trabajando con él.

–Estoy de acuerdo contigo en que tu hermano está muy consentido.

–Yo espero que madure y cambie, y que empiece a pensar en algo más que en sí mismo, pero ya hemos hablado bastante de él. La familia es algo muy importante. Y siento que tú perdieses a tu madre tan pronto. Yo estoy muy unida a la mía.

–Sí. La vida no siempre es fácil. ¿Qué te apetece cenar?

Lila estudió la carta a pesar de que, en realidad, no tenía hambre.

–Creo que una ensalada de espinacas.

–¿Solo? Vamos a bailar, a ver si así se te abre el apetito.

Lila salió con él a la pista de baile. Sam bailaba bien, y lo hizo sin dejar de mirarla a los ojos.

Ella se dijo que cada momento que pasaba en su compañía era un error, pero no podía evitar aceptar sus invitaciones. Aunque pronto estaría trabajando de nuevo, luego regresaría a California y Sam volvería a convertirse en un mero recuerdo. No obstante, tenía que contarle la verdad. Se preguntó cuándo sería el momento más adecuado para hacerlo.

Siguió bailando y se dijo que aquel no era el momento. No hablaría con él hasta justo antes de volver a California. Dos o tres días antes. Después se marcharía y Sam tendría que hacerse a la idea.

Bailaron tres canciones rápidas más y entonces empezó a sonar una balada. Sam la tomó entre sus brazos y la acercó a él.

Lila se preguntó por qué se sentía tan bien

pegada a su cuerpo y no pudo evitar pensar en hacer el amor con él.

Cuando la canción terminó, lo miró a los ojos y vio que había deseo en ellos.

–Lila, quiero volver a hacerte el amor –le dijo Sam en un susurro.

Ella sacudió la cabeza.

–Vamos a cenar –le dijo, cambiando de tema.

En realidad, seguía sin tener hambre, pero no quería bailar más, era algo demasiado íntimo. Quería tener una mesa entre ambos, cenar y marcharse a casa sola. Lo había pasado bien, pero necesitaba guardar las distancias con Sam.

El camarero fue a rellenarles los vasos antes de preguntarles qué iban a cenar.

–Una ensalada de espinacas –pidió Lila.

–¿Eso es todo? Tendrás hambre antes de llegar a casa –comentó Sam.

Ella negó con la cabeza.

–Eso es todo.

–Yo tomaré carne, en su punto –le dijo él al camarero.

Lila se puso en pie.

–Tengo que ir al baño –le dijo.

Al llegar al vestíbulo llamó a su madre para que no se preocupase, pero nadie respondió al teléfono en el rancho. Lila dejó un mensaje para que su madre lo oyese al volver a casa.

***

Sam observó a Lila mientras atravesaba el comedor. Al tenerla cerca, la había notado distinta a la vez anterior. Ya no tenía la cintura tan estrecha y sus curvas habían aumentado. En cualquier caso, la deseaba y quería que pasase la noche con él en Pine Valley.

Cuando la vio volver se levantó y esperó a que estuviese sentada para imitarla. Se preguntó si todos aquellos gestos la disgustaban realmente, o si solo la molestaban algunos, como que pidiese en su nombre.

Era demasiado independiente, pero Sam no podía olvidarse de ella y seguía pensando que solo había una manera de conseguirlo: haciéndole el amor hasta sentirse completamente satisfecho.

El problema era que Lila no estaba cooperando. No obstante, Sam tenía la sensación de que esa noche estaba haciendo algunos avances.

Mientras cenaban, charlaron de varios temas. Ella comió poco, como si en realidad no tuviese hambre.

Al terminar volvieron a la pista de baile. Las luces iluminaron sus ojos verdes, sus mejillas rosadas, su pelo rojizo. Lila se había quitado el jersey y Sam estudió su generoso escote y se fijó en su vientre, que no era tan plano como la última vez.

Él estaba sudando y ella seguía tan fresca. Y Sam la deseó más que nunca.

La canción terminó y entonces empezó una balada. Sam tomó a Lila entre sus brazos y comenzó a moverse de manera casi imperceptible contra su cuerpo.

Le acarició la cadera, subió la mano por sus costillas, y ella se la agarró y se la puso en la espalda.

Sam pensó que su cuerpo había cambiado. Pensó en que se había puesto un jersey a pesar de que hacía calor.

Recordó el vestido que había llevado en la barbacoa, y el resto de los vestidos con los que la había visto. Toda la ropa que había llevado hasta esa noche había ocultado su cintura.

Sam la acercó más a él y se preguntó si de verdad había cambiado o si era su memoria la que fallaba. ¿Habría engordado? Pensó en que lo había evitado, pero, al mismo tiempo, era evidente que se sentía atraída por él.

Y entonces se le ocurrió una posibilidad que lo sorprendió tanto que dejó de bailar.

Capítulo Cinco

Sam recuperó rápidamente la compostura. Echó la cuenta y se dijo que habían pasado tres meses desde la noche que habían estado juntos.

Se quedó sin aire. Lila estaba embarazada. Era evidente. Eso explicaba las contradicciones: que coquetease con él y que después pusiese distancia entre ambos y lo rechazase.

Sam se dijo que iba a ser padre. Lila iba a tener un hijo suyo. Le temblaron las rodillas, como si le hubiesen dado un puñetazo en el estómago.

Se preguntó si Lila pretendía no decírselo y la idea lo enfadó. Tal vez quisiese esperar a estar de vuelta en California. En cualquier caso, tenía que saber que no podría ocultárselo eternamente. Era evidente que quería tener el bebé, si no, ya habría hecho algo al respecto. La idea lo horrorizó.

Un bebé. Su bebé. Sam siguió bailando y se olvidó de que no estaban solos. Pensó que tendría que casarse con ella.

Eso hizo que volviese a sentirse como si le hubiesen dado otro golpe en el estómago. Casarse. Sintió pánico solo de pensarlo.

Entonces la miró fijamente y el pánico desapareció. Se casaría con Lila y formarían una familia. No se imaginaba una vida mejor. El problema era que Lila era una mujer muy independiente, que no querría casarse. Si no, no habría estado intentando evitarlo.

Terminó la canción y empezó otra. Siguieron bailando, separados, y Sam la observó.

Un hijo. Era un milagro. Su propia familia, si era que la convencía de que se case con él.

Le sorprendió y le molestó que Lila no le hubiese dado la noticia. Deseó levantarla en volandas y besarla. Iba a casarse con ella. Iba a ser padre.

Una canción antigua que le encantaba empezó a sonar y Sam la tomó entre sus brazos.

—Estamos muy bien juntos, Lila. Cena conmigo mañana también.

La miró a los ojos y le puso una mano en la nuca. Tenía el corazón acelerado y quería besarla. La acercó más a su cuerpo y notó que Lila hundía los dedos en su pelo.

—Sam —susurró.

Se miraron a los ojos y Sam se olvidó de que no estaban solos. Nunca la había deseado tanto. Decidió que todo iría bien. Todo iría bien si conseguía convencerla de que se case con él.

—Cenaremos y celebraremos que vas a trabajar en una nueva película. Y charlaremos. Pasaré a recogerte a las seis —le dijo.

Miró sus labios y ella se los humedeció. Sam

notó que todo su cuerpo se tensaba de deseo. La abrazó más y siguió bailando sin apartar la vista de sus ojos verdes.

–Iremos a mi casa y cocinaré yo –continuó–. ¿Qué te parece?

–Sam…

–Mañana es viernes. ¿Quieres pasar la noche del viernes en casa, con Hack?

Ella sonrió.

–Estoy segura de que Hack no está nunca en casa los viernes por la noche.

–Te recogeré a las seis, cariño. Te divertirás. Quiero enseñarte mi cocina nueva. Hago los mejores filetes del oeste de Mississippi. Es una oferta que no puedes rechazar. Hasta podríamos bailar después de cenar.

–Eres incorregible.

–También podemos volver a jugar al billar. Te daré otra oportunidad de que ganes esa donación para la guardería.

–Aunque ganase, no creo que hicieses una donación.

–Los niños no me disgustan. Estás equivocada conmigo. ¿Dudas de mi palabra?

–Por favor, Sam. Te he oído hablar y sé lo que piensas. Me han contado que tu hermano y tú habéis hecho campaña en contra de la guardería. Si pasamos la velada juntos, vamos a discutir.

–¡De eso nada! Solo habrá armonía entre nosotros, y tal vez una apuesta o dos.

–¿Por qué no te creo? –le preguntó Lila riendo.

–¿Ves?, te hago reír. Eso es lo mejor, Lila. Me encanta verte reír. Tengo que conseguirlo más.

Sam evitó bajar la vista a su cintura. En vez de eso, la sacó de la pista y le preguntó si quería beber algo. Ella le dijo que una limonada, así que llamó al camarero y le pidió una limonada y otra cerveza fría para él.

Volvió a estudiarla con la mirada. Tenía el vientre redondeado.

Luego la ayudó a sentarse y pasó la mano por su nuca. Deseó preguntarle si estaba embarazada, pero supo que aquel no era el momento ni el lugar.

Les llevaron las bebidas y ella volvió a disculparse, se levantó y fue al baño.

Él la observó. Todavía estaba en estado de shock. Tendría que convencerla de que se casase con él. Aunque estaba seguro de que Lila ya había tomado la decisión de ser madre soltera. No iba a permitírselo.

Lila fue al cuarto de baño y se miró en el espejo. Por suerte, la luz del club era tenue. Los pantalones y la camiseta que llevaba puestos ocultaban su figura y, además, los hombres no solían ser muy observadores. Los de su familia no lo eran.

Volvió a la mesa, con Sam, que parecía relajado, aunque la estaba mirando demasiado fijamente.

–Cuando empiecen a rodar la película, pondrán todo Royal patas arriba.

–Como te he dicho, todavía no es seguro que vaya a rodarse aquí. Y aunque así sea, no pasará nada, Sam. Es hora de que me marche a casa.

Él pidió la cuenta y Lila recogió su bolso.

–Podríamos ir a mi casa –le sugirió Sam cuando ya estaban saliendo del club–. Podrías quedarte a dormir y así no tendrías que volver al rancho tan tarde. O dejar tu coche aquí y yo te llevaría a casa.

–No es tan tarde.

–Si vas a volver al rancho, insisto en llevarte yo.

–¿Piensas que soy una inútil? –le preguntó ella, molesta y divertida al mismo tiempo.

–En absoluto. No es eso. ¿No se te ha ocurrido pensar que tal vez quiera estar contigo un rato más?

–De acuerdo. Llévame a casa, dejaré mi coche aquí.

–Estupendo.

Sam la agarró del brazo y la condujo hasta su deportivo negro. Le abrió la puerta y esperó a que se sentase en el asiento de cuero negro.

Lila lo observó mientras daba la vuelta al coche. Al día siguiente volvería a cenar con él. ¿Por qué no podía impedir que la convenciese?

Sam se sentó detrás del volante y la miró mientras conducía.

—¿Qué haces en tu tiempo libre en California?

—Muy sencillo, ir a la playa. Me encanta el mar. Es maravilloso. Paseo por la playa todos los días y nado en el mar.

Se giró en el asiento para mirarlo y se preguntó si le daría un beso de buenas noches. Solo de pensarlo sintió calor.

Sam le dio conversación durante todo el trayecto y, cuando llegaron al rancho, detuvo el coche justo delante de la casa.

Se bajó y fue a abrirle la puerta.

—Lo he pasado muy bien, Sam —admitió ella, echando a andar hacia el porche.

—Espero que haya sido por la compañía —le dijo él, acariciándole suavemente la mejilla—. ¿Estás segura de que hay alguien en casa?

—Mis padres estarán ya en la cama, pero llevo la llave.

Él sonrió.

—Hasta mañana, a las seis.

Sam se alejó y ella fue hacia la puerta. No pudo evitar sentirse decepcionada porque no la había besado.

Tenía que contarle que estaba embarazada, pero iba a esperar que llegase el momento adecuado.

***

El viernes por la noche Lila estaba más nerviosa que nunca. Se había cambiado de ropa tres veces y al final se había decidido por un vestido azul sin mangas. El corte era recto, le llegaba por encima de las rodillas y tenía una chaqueta a juego.

Se dejó el pelo suelto. Quería que Sam le mirase el pelo, la cara, las piernas, cualquier cosa menos la cintura.

–Estás preciosa, Lila. Radiante.

–Yo no me siento así, pero muchas gracias, mamá.

–Piénsalo bien. Esta noche podría ser un buen momento para darle la noticia a Sam –le dijo Barbara.

–No, todavía no. Se lo contaré, pero en el momento adecuado.

–Lila, Sam es el padre de tu bebé. Creo que estás siendo demasiado dura con él.

Lila sonrió y en ese momento sonó el timbre.

–Aquí está, y voy a ser buena con él –le aseguró a su madre–. Ábrele la puerta y charla con él unos minutos, ya que te parece tan estupendo.

–Encantada –le dijo Barbara, saliendo de su habitación.

Lila volvió a mirarse al espejo y decidió que estaba bien con aquel vestido.

Tomó su bolso y se dirigió al encuentro de Sam.

***

Sam se puso en pie en cuanto ella entró en la habitación.

—Ven, Lila —dijo su padre—. Sam y yo estamos hablando del torneo de golf que hay este fin de semana.

Sam casi no oyó lo que decía Beau, estaba demasiado ocupado mirando a Lila. El corazón le dio un vuelco al darse cuenta de que llevaba otro vestido de algodón recto, aunque le sentaba muy bien porque era corto y dejaba al descubierto sus increíbles piernas. El escote era muy sugerente y a Lila le brillaban los grandes ojos verdes.

Sam estaba nervioso. Esa noche quería saber la verdad y pretendía enfrentarse a Lila.

Durante la siguiente media hora, estuvieron charlando con los padres de ella, hasta que Lila le dijo a su padre que no quería tomar nada y Sam la imitó y se puso en pie.

—He invitado a Lila a cenar, así que tenemos que marcharnos a Royal, pero me alegro de haberos visto a ambos. Todo el mundo sigue hablando de la maravillosa barbacoa de este año.

—Es divertido organizarla —comentó Barbara, acompañándolos a la puerta.

—Sí, fue una barbacoa estupenda —dijo Beau sonriendo—. Tráeme a mi niña a casa a una hora decente, Sam.

–Sí, señor. Me alegro mucho de que Lila vuelva a estar en Texas.

–Buenas noches, papá y mamá –dijo ella, tomando el brazo de Sam para ir hasta el coche–. A mis padres les caes muy bien.

–Son muy agradables, pero es a otro miembro de tu familia al que quiero gustarle –añadió Sam en tono sensual.

–Le gustas.

–No me refería a tu hermano pequeño y lo sabes.

–Me gustas, si no, no saldría a cenar contigo. Te considero un buen amigo de la familia.

–Pues voy a tener que cambiar eso.

–No me conviertas en tu objetivo –le advirtió Lila.

–Podría ser divertido, cariño. Ten cuidado con lo que pides.

–Contrólate, Sam.

–Eso es imposible cuando tengo la oportunidad de besarte. No puedo contenerme. Tal vez, si empezásemos a besarnos ahora mismo podría olvidarme del tema y podríamos disfrutar de una velada muy agradable.

–Buen intento, pero no, no vamos a besarnos.

–Vamos a mi casa y después a bailar, si tú quieres.

Le abrió la puerta del coche y estudió sus esbeltas pantorrillas mientras se sentaba.

Luego fueron a Pine Valley, al elegante complejo residencial en el que vivía Sam. El guardia de seguridad los dejó entrar y el portero saludó a Sam. Él miró a Lila, que estaba con la cabeza girada hacia la ventanilla.

–He oído que estás construyendo una casa nueva aquí.

–Has oído bien. Aunque estoy construyendo más de una. Me gusta trabajar en Pine Valley. Son casas grandes y caras, un reto. Y los dueños se convierten en mis vecinos, así que me gusta conocerlos –le explicó Sam.

El coche olía al perfume de Lila, a flores de primavera.

Al acercarse a su mansión, Lila comentó:

–Qué bonita.

–Es la casa de mis sueños –admitió él–, pero ya has estado en ella, y en mi dormitorio.

–Así que no necesito que me la vuelvas a enseñar esta noche.

Él detuvo el coche y luego se giró hacia ella y puso el brazo sobre el respaldo del asiento de Lila. Ella se giró a mirarlo con los ojos muy abiertos. Sus labios eran toda una tentación y deseó besarla y abrazarla.

–Voy a averiguar el motivo por el que te estás resistiendo a mí, Lila. Una parte de ti quiere evitarme o luchar contra mí, pero a otra parte le gusto y me besa apasionadamente.

–De eso nada –respondió ella casi sin aliento.

–¿Ves?, lo estás haciendo ahora mismo. Tus

ojos dicen que sí y tu cuerpo también, pero tus palabras los contradicen. Y quiero averiguar qué está pasando entre nosotros.

–Hay cosas que es mejor dejar como están. Si insistes, me marcharé –le indicó Lila en un susurro.

–Siento verdadera curiosidad. Conseguiré una respuesta.

–Cuando lo hagas, desearás haberme dejado en paz –le dijo ella con más firmeza.

–Interesante. Eso es una amenaza –le dijo Sam, pasando una mano por su nuca.

–Eres muy testarudo. No te estoy amenazando. Pienso que solo me has pedido salir porque te he dicho que no un par de veces.

–Más de un par –replicó él–, pero si te he pedido salir es solo porque quiero estar contigo y porque en ocasiones tengo la sensación de que tú también quieres estar conmigo.

–Ten cuidado, Sam. Te estás metiendo en terreno pantanoso. Esta noche he aceptado tu invitación porque nos lo pasamos bien juntos.

–Pues intentaremos seguir haciéndolo –le dijo él, pensando que, si Lila no se apartaba, tendría que volver a besarla.

Pero decidió apartarse él y luego condujo hasta la parte trasera de la mansión.

Lila esperó en la terraza cubierta que daba al patio y a la piscina mientras Sam iba a buscar una limonada para ella y una cerveza para él y se sentó en un extremo del sofá cubierto por una colorida tela salpicada de tulipanes rojos.

Vio volver a Sam con las bebidas y que se quitaba la cazadora azul de sport y se remangaba la camisa azul claro de algodón que llevaba metida por los pantalones, también azules. Como de costumbre, llevaba botas vaqueras. Lila no pudo evitar desear que aquella pudiese ser solo una noche más.

Pero lo cierto era que pronto tendría que contarle que estaba embarazada.

—Estamos muy bien juntos, Lila —le dijo él, sentándose a su lado.

Ella sonrió.

—No podemos estar realmente bien juntos, Sam, porque pertenecemos a mundos diferentes. Tú perteneces a otra era, tienes ideas pasadas de moda…

—Eso no tiene por qué ser siempre malo. Voy a demostrártelo.

Le quitó la limonada de la mano y la dejó en la mesa, e hizo lo mismo con su cerveza.

—Sam… —protestó ella, casi sin aliento.

Pero se calló nada más notar sus labios.

Cerró los ojos y apoyó las manos en sus antebrazos. Él apoyó una en su espalda y con la otra le acarició la nuca. Lila le devolvió el beso y pasó las manos por sus anchos hombros, quería más, quería poder hacer el amor con él y no tener que pensar en que eran tan distintos.

Cuando por fin se echó hacia atrás, intentó recuperar la respiración mientras lo miraba a los ojos.

–Esta noche te he invitado a cenar porque quería estar contigo, pero también tenía otro motivo, Lila. Me he fijado en ciertas cosas y siento curiosidad –le dijo él, mirándola fijamente–. Estás embarazada, ¿verdad? Esperas un hijo mío.

Capítulo Seis

A Lila le dio un vuelco el corazón y luego se le aceleró. Por un momento, no fue capaz de respirar y se sintió aturdida.

Sam se acercó más a ella.

–Estás embarazada, ¿verdad?

–Sí –admitió–. ¿Cómo lo has sabido?

–Me lo he imaginado –admitió Sam, respirando profundamente–. ¿Qué ibas a hacer? ¿Volver a California sin contármelo? ¿Mandarme un mensaje un día de estos?

–No, sabía que tenía que decírtelo.

–¿Te encuentras bien? –le preguntó Sam.

–No, no me encuentro bien. No quería decírtelo así. ¿Desde cuándo lo sabes? Creo que me voy a desmayar.

–Agacha la cabeza –le indicó él.

Sam se marchó para volver poco después con un paño húmedo para ponérselo en la nuca.

–Lila, no pretendía disgustarte, pero tenemos que hablar. Un bebé no es algo que pueda ocultarse durante mucho tiempo.

–Lo sé –respondió Lila, incorporándose y llevándose el paño a la frente.

Luego se apoyó en el respaldo del sofá. Sam

tenía un brazo apoyado en él y estaba girado hacia ella, con las rodillas tocando su pierna. Estaba muy cerca y su mirada era intensa, como si fuese la primera vez que la veía.

—Mira, cielo, no pretendía que te desmayases —añadió en tono cariñoso.

A ella se le encogió el corazón, se sintió reconfortada a pesar de que le molestaba que Sam utilizase apelativos cariñosos con ella.

—Por favor, Sam, no me llames «cielo».

—¿Y cómo quieres que te llame, Lila, señorita Hacket?

Ella no pudo evitar sonreír. Abrió los ojos y lo miró.

—No, no hace falta. Y sí, estoy embarazada, cosa que me sorprendió tanto como a ti, ya que utilizamos protección.

—¿Ves como no ha sido tan difícil decírmelo? —le preguntó él muy serio.

—Supongo que no. Es lo que sigue lo que va a ser difícil. Tú y yo somos completamente diferentes.

—A mí me encantan esas diferencias —le dijo Sam abrazándola.

Nada estaba saliendo como Lila había esperado.

Se miraron a los ojos y a ella se le aceleró todavía más el corazón.

Sam la estaba mirando con deseo. Clavó la vista en sus labios y a Lila se le secó la boca. Sam la atraía demasiado.

—Eres mi perdición, Sam Gordon –susurró.

—Eso nunca, cariño –respondió él antes de besarla de nuevo.

La sentó en su regazo y la pegó contra su cuerpo mientras se besaban.

Fue un beso apasionado, posesivo, que hizo que Lila se derritiese por dentro. No quería reaccionar así con sus besos. No quería dejarse llevar por la pasión, pero su cuerpo respondió, lo abrazó.

Ella se dio cuenta de su falta de control y se levantó de su regazo. Se alejó para poner distancia entre ambos y no volvió a mirarlo hasta que no hubo recuperado la compostura. Cuando lo hizo, se lo encontró observándola.

Lo vio ponerse en pie muy despacio y se le volvió a acelerar el corazón.

Sam se acercó y apoyó las manos en sus hombros. Ambos estuvieron en silencio unos segundos.

—Podemos solucionarlo –le dijo ella.

—Sí, por supuesto –respondió Sam con firmeza–. Vamos a echarle un vistazo a mi casa. Pase lo que pase, voy a poner una habitación para el bebé, porque querré ver a mi hijo.

—Como quieras, pero yo pienso que es demasiado pronto para eso.

—Tal vez. No importa. Compláceme en esta ocasión. Así iremos acostumbrándonos a que ambos sabemos lo del bebé.

—Supongo que tienes razón –respondió ella.

De hecho, que Sam quisiera poner una habitación para el niño era la última de sus preocupaciones. Él le dio un beso en la comisura de los labios.

–Eso está mejor –le dijo Sam muy serio–. Intentaré hacerte feliz.

–Por supuesto –contestó ella, preguntándose qué estaría tramando–. Vamos a ver la casa.

–Lila, el bebé también es mío. Y los padres también tenemos derechos –le dijo, abrazándola.

–Lo sé –respondió ella, deseando que no fuese tan conservador.

–Ah, pensaba que tal vez querías volver a California y hacer correr la voz de que te habías quedado embarazada de alguien de allí.

Ella se giró y negó con la cabeza.

–Jamás haría eso. He estado confundida, porque ninguno de los dos esperaba esto, pero tenía pensado contártelo. Solo estaba intentando acostumbrarme yo a la idea antes de contárselo a los demás.

–Una cosa son los demás y otra muy distinta el padre, yo. ¿Ya lo sabe tu familia?

–Por supuesto que no –respondió ella sin pensarlo–. Mi padre no lo sabe, ni tampoco Hack. No tengo ganas de oír los comentarios de mi hermano. Todavía no estoy preparada. La que sí lo sabe es mi madre.

–Hay un modo de evitar escuchar los comentarios de Hack y los del resto del mundo –le dijo Sam.

–No estoy segura de querer oírlo. Al menos, tan pronto.

–Cuanto antes, mejor –insistió Sam, tomando sus manos–. ¿No se te ha ocurrido pensar que a lo mejor eres demasiado independiente?

Ella negó con la cabeza.

–En eso es en lo que más diferimos. No, no pienso que sea demasiado independiente. Soy como muchas otras mujeres en los Estados Unidos. ¿A ti no se te ha ocurrido pensar que tienes una idea muy anticuada de las mujeres?

–Por aquí hay muchas mujeres que son como yo pienso que deben ser.

–O tal vez intentan complacerte porque eres un buen tipo –le dijo ella.

–¿Y tú no quieres complacerme?

–Tú y yo nos hemos complacido lo suficiente como para ir a tener un bebé juntos.

–Casi se me había olvidado lo directa que puedes llegar a ser. Y yo diría que lo pasamos muy bien. Añadiría, además, que el embarazo te ha sentado estupendamente. Esta noche tienes un brillo especial, estás preciosa.

–Gracias –le contestó, sintiéndose mucho mejor, porque él estaba muy guapo.

Atravesaron un pasillo y subieron por unas elegantes escaleras. Lila no podía imaginarse a un niño corriendo por allí.

—Es una casa de anuncio. No creo que esta escalera esté hecha para niños.

—En eso estoy de acuerdo contigo. Tal vez tenga que pedir que quiten la barandilla de hierro. Al igual que tú, tendré que ir haciéndome a la idea de tener un niño en mi vida.

Ella respiró hondo y espiró muy lentamente, intentando relajarse.

Todavía no había tomado ninguna decisión acerca de su futuro.

—Pues a mí me parece que lo estás haciendo muy deprisa.

Él sonrió.

—¿Quieres hacer una apuesta, a ver quién cambia más cosas en su forma de vida durante el próximo mes?

—No pienso volver a apostar contigo.

—¿Por qué no? Te gusta besarme. Ven, te lo voy a demostrar –le dijo, agarrándola por la cintura.

Ella se apartó inmediatamente.

—Está bien, me gustan tus besos, pero no vamos a apostar más.

—¿Tienes miedo de volver a perder? –le preguntó él en tono divertido–. ¿O lo que te asusta es descubrir que puedo cambiar con más facilidad que tú?

Ella lo miró con exasperación.

—Ahí perderías. Trabajo para un tercero, así que tengo que adaptarme constantemente a cosas nuevas. Tú tienes tu propio negocio y estás acostumbrado, Sam Gordon, a salirte siempre con la tuya. Casi siempre –añadió.

Él sonrió de medio lado.

–Sonríe todo lo que quieras, es imposible que tengas más capacidad de adaptación que yo, pero como es algo que no puedo demostrar, estaríamos discutiendo del tema hasta el amanecer.

–Me temo que te confundes mucho conmigo, Lila. Yo pienso que lo nuestro podría funcionar. ¿Por qué no lo intentamos?

Ambos se quedaron en silencio.

–Ven, vamos a buscar un lugar adecuado para la habitación del niño –continuó Sam.

Ella asintió y lo siguió. Al llegar al primer piso, no pudo evitar recordar la noche que habían pasado juntos. Se giró y lo miró a los ojos.

–Te estás acordando de la noche que estuvimos juntos –le dijo Sam, hundiendo las manos en su pelo–. Fue una noche inolvidable. Para mí, ya era especial antes de saber que estabas embarazada. Nunca había pasado una noche como aquella, cariño. Admite que tú también la recuerdas.

Lila disfrutó de la caricia de sus dedos. Lo tenía demasiado cerca y su mirada la estaba inmovilizando. No podía ni respirar, solo podía pensar en aquella noche. Bajó la vista a sus labios y él la acercó más a su cuerpo.

Le acarició los brazos y se puso de puntillas para besarlo. Lo deseaba, quería su amor, su simpatía, su ternura, a pesar de saber que lo suyo era imposible.

Se volcó en aquel beso pensando que, si se saciaba de él, podría tranquilizarse. No había nadie que la afectase tanto como Sam, pero ¿por qué él? ¿Por qué alguien de Royal, un hombre tan conservador? También era un hombre atractivo y divertido, y más sensible de lo que ella había pensado, porque se había dado cuenta de su embarazo.

–¿Ves cómo respondes? –comentó Sam, soltándola bruscamente y pasándose la mano por el pelo–. Me pones a cien, Lila. Dame una oportunidad.

–Lo nuestro es solo deseo, Sam. Tal vez no pueda negar que me siento atraída por ti, pero eso no cambia nuestras aspiraciones ni nuestros principios.

–Podríamos tener algo más que deseo –insistió él–. Podríamos tener una vida maravillosa juntos. Solo quiero que me des una oportunidad, ahora que estás aquí. Sal a cenar conmigo mañana. Deja que te lleve a Claire's, que no está en Royal. Haz eso por mí. Vamos a ver si podemos acercarnos más el uno al otro. ¿Lo harás?

–Sam…

–Mira, tenemos que celebrarlo. Un bebé es algo maravilloso. Olvidémonos del futuro y de todas las preocupaciones y celebrémoslo.

De repente, a Lila le entraron ganas de abrazarlo y de que la abrazase. Quería que su bebé fuese querido y que formase parte de una familia llena de amor. Las palabras de Sam hicieron que se le formase un nudo en la garganta y se sintió más confundida que nunca. Esa noche estaba descubriendo facetas de él que jamás habría adivinado que tenía.

–No hagas que me enamore de ti –le pidió en un susurro.

–¿Tan malo sería?

–No nos parecemos en nada y nunca podríamos llevarnos bien.

–Eso no es así, Lila. Podemos conocernos, cariño. Mientras tanto, salgamos a cenar mañana. A celebrar que vamos a tener un bebé.

Las palabras de Sam le encogieron el corazón y asintió con los ojos llenos de lágrimas. Sam estaba haciendo que quisiese celebrar su embarazo y que desease formar una pareja con él.

–Sí –respondió.

Sabía que fuese la que fuese su respuesta se iba a arrepentir. Sam solo le había dado razones positivas para querer estar con él. Lila jamás se había imaginado que reaccionaría así con la noticia. Quería estar con él, pero, al mismo tiempo, estaba segura de que, si se lo permitía, pronto intentaría tomar las riendas de su vida.

Él la abrazó y la besó y Lila se olvidó temporalmente de todas sus diferencias.

–Te estás conteniendo, Lila –le dijo Sam en un susurro–. Lo siento. Ahora vamos a tener un bebé. No puedes olvidarte de eso y querer seguir siendo independiente. Yo pienso que el amor entre un hombre y una mujer es la base de una familia. Si tú quieres, podemos tener algo maravilloso en nuestras vidas.

Ella siguió dividida entre el paraíso que tenía con él aquella noche y la realidad de la vida y de la forma de pensar de Sam. Negó con la cabeza a pesar de que lo que quería era abrazarlo y olvidarse de todo lo demás.

–Sam, vamos a echarle un vistazo a tu casa –murmuró, girándose para darse la vuelta a pesar de no saber adónde iba.

Él la siguió y puso un brazo alrededor de sus hombros.

–Está bien, te enseñaré las habitaciones.

Los argumentos de Sam la emocionaban. Sus comentarios habían tenido en ella un efecto inesperado.

Se dio cuenta de que el salón de la primera planta era casi una réplica del de la planta baja. Era una casa llena de muebles bonitos y Sam le contó los decoradores que lo habían ayudado.

Llegaron al final del pasillo y Sam se dispuso a abrir una puerta, pero Lila se detuvo.

–Sam, esa es tu habitación. Ya la he visto y estoy segura de que no vas a convertirla en la habitación del bebé, así que no tiene sentido que entremos.

–Había pensado que tal vez quisieses volver a verla. Tenemos muy buenos recuerdos de ella.

–Buen intento, pero no, gracias. ¿Qué otro lugar se podría utilizar?

–Cariño, no te pongas tan profesional. Vamos a mirar la habitación que está más cerca de la mía.

La guio hasta otra habitación decorada con muebles antiguos tapizados en tonos azules y una gruesa alfombra oriental en el suelo de madera.

–Es una habitación muy bonita y está al lado de la tuya.

–Eso está muy bien.

–Yo creo que deberías tomar la decisión solo. Tienes que pensar cómo de cerca vas a querer tener al bebé.

–Yo quiero que tú estés contenta con la decisión y que me des tu visto bueno. Si vivieses aquí, ¿dónde pondrías la habitación infantil y la sala de juegos?

–Me sorprendes, Sam.

–¿Ves?, no me conoces tan bien como piensas –le dijo él en tono alegre a pesar de que su expresión era seria.

–Yo diría que esta es la habitación perfecta.

–En ese caso, está decidido –sentenció Sam, entrelazando su brazo con el de ella–. Vamos a cenar y a relajarnos un poco. Los dos nos hemos llevado una gran sorpresa esta noche.

–Sí, eso es cierto –admitió Lila.

–¿Tienes una casa en California?

–No, un piso –respondió ella mientras bajaban las escaleras y volvían a salir a la terraza cubierta.

Sam siguió sacando temas de conversación poco profundos, y ambos se rieron y se relajaron mientras preparaba los filetes y servía la cena.

Lila no tenía mucha hambre, pero lo pasó bien con él mientras evitaron el tema que estaba segura que Sam iba a sacar.

–Veamos, en esta casa hay ocho habitaciones. Ya hemos elegido una para el bebé y ha sido fácil llegar a un acuerdo. Como ves, coincidimos en algunas cosas. Además, me gustaría que escogieses tú al decorador y que decidieses qué quieres. Yo no sé nada de niños y tú ya tienes práctica con la guardería, aunque preferiría que no la copiases porque no me gusta sentir que estoy en el club cuando estoy en casa.

–Está bien, lo pensaré, Sam –respondió ella–. Tenemos tiempo de sobra para planearlo.

Él cambió de tema y habló de algunas cosas ocurridas en Royal, la hizo reír. No obstante, Lila no pudo dejar de pensar en el bebé, en su embarazo, en el futuro y en el hombre que Sam le estaba demostrando ser esa noche.

Eran más de las once cuando se puso en pie.

–Sam, debería marcharme a casa. Estoy cansada. Ha sido una velada muy divertida, pero ambos hemos evitado hablar del bebé. Supongo que pretenderás hacerlo mañana por la noche.

–Me gustaría, sí. Hemos organizado lo de la habitación, y he verificado que estás embarazada. Eso ya es mucho. Iremos poco a poco. Si quieres que hablemos de algo que te parezca urgente, no dudes en decírmelo.

–Lo haré –le aseguró ella.

Se sentía aliviada por la reacción de Sam, pero solo un poco porque estaba segura de que iban a surgir problemas entre ambos.

Él la llevó al rancho sin dejar de hablar de temas sin importancia. Al acompañarla al porche, miró hacia la casa y comentó:

–Hay luces encendidas. ¿Te estarán esperando despiertos tus padres?

–No. Deben de haberse acostado hace más o menos una hora. Las habrán dejado para mí. O tal vez para Hack, aunque Dios sabe dónde estará. Seguro que se queda a dormir en casa de algún amigo en Royal.

Al llegar a la puerta, Sam la agarró por la cintura.

–Lila, no sabes lo contento que estoy.

–Me sorprende tu reacción, teniendo en cuenta que no era algo planeado.

–Para mí un hijo es siempre un regalo. Me parece maravilloso y espero que podamos celebrarlo mañana. Ya dejaremos las preocupaciones y las discusiones para otro momento.

–En eso estoy de acuerdo –admitió ella–. Estoy alucinada.

–Tal vez podamos descubrir muchas cosas el uno del otro. Yo ya conozco algunas que me encantan –comentó Sam, clavando la vista en sus labios.

Ella respiró hondo y cerró los ojos al ver que Sam se inclinaba a besarla. Fue un beso muy tierno que se transformó después en puro deseo.

Lila se aferró a él, desesperada de deseo y todavía dividida emocionalmente entre esa sensación, la sorpresa causada por la reacción de Sam y la certeza de que no podría vivir con él ni aceptar un compromiso a largo plazo.

Se apartó e intentó respirar.

–Gracias por haberte tomado así la noticia, has hecho que esta noche haya sido mucho más fácil para mí. Y gracias también por la cena.

Él sonrió y le acarició la mejilla.

–Ay, Lila, no te puedes imaginar cuánto te deseo. Me alegro de haber hecho las cosas más fáciles para ti. Y espero que la celebración de mañana sea increíble.

Ella sonrió.

–Todavía estoy en estado de shock. Me temo que esta noche no voy a poder pegar ojo.

–Eso lo podría solucionar yo –le aseguró

Sam en voz baja–. Vuelve a casa conmigo y te prometo que dormirás, aunque no inmediatamente.

Lila se echó a reír y negó con la cabeza.

–Eres la tentación personificada, Sam Gordon. Márchate. Hasta pronto.

–No lo suficientemente pronto para mí, Lila.

–Buenas noches, Sam.

Lila entró en casa y miró por la ventana para verlo de pie junto al coche, diciéndole adiós con la mano y sonriendo.

Al día siguiente, Lila se pasó la mañana hablando con uno de los hombres cuyo rancho quería utilizar en la película. Cuando volvió al Double H era más de la una y estaba cansada y con ganas de dormir la siesta, cosa que no le había ocurrido en mucho tiempo.

Al entrar en casa se encontró con que solo estaba Agnes, la cocinera, que llevaba con la familia desde que ella tenía tres años. Así que se comió una ensalada de pollo en la cocina y estuvo charlando con ella.

Sonó el timbre y Agnes se limpió las manos y fue a abrir la puerta, para aparecer poco después oculta tras un enorme ramo de flores en tonos azules y rosas. Lila se levantó y la ayudó a colocarlas en un jarrón de cristal.

–Son para ti, señorita Lila –le dijo Agnes sonriendo de oreja a oreja.

–Agnes, sabes que estoy embarazada, ¿verdad?

–Lo sospechaba, sí.

Lila abrazó a la cocinera y le dijo:

–Mi madre lo sabe, pero mi padre y Hack, no.

Agnes se echó a reír.

–Ya lo sé.

–¿Tan obvio es?

–Me he dado cuenta de que tenías náuseas por la mañana y se te está empezando a notar un poco.

–Eres muy observadora –comentó Lila–. No como mi padre y Hack, aunque tanto mejor. No obstante, se lo contaré antes de marcharme a California.

–También sé que tu madre está contenta y preocupada al mismo tiempo –dijo Agnes, mirando el ramo–. Son unas flores preciosas.

–Sí –admitió Lila–, mirando el pequeño oso de peluche y la pequeña muñeca que había en el centro del ramo.

Tomó la tarjeta con una sonrisa y la leyó: *Estoy emocionado. Te quiero, Sam.*

El texto hizo que sacudiese la cabeza. Las flores eran muy bonitas y las palabras muy tiernas. En general, le gustó el detalle. Lila no se había imaginado que reaccionaría así. Pensó que era una suerte que su padre no estuviese en casa, porque iba a quitar el oso de peluche y la muñeca del ramo para que eso no la delatase.

—Hay alguien que se alegra mucho de tu estado y que quiere impresionarte —comentó Agnes.

—Sí, son un bonito detalle. Me las envía Sam Gordon.

—Ah, el señor Gordon es un buen hombre. Y muy cariñoso —dijo la cocinera—. Uno de los mejores invitados de tu padre. Y un buen amigo de la familia.

—Es cierto —admitió Lila, pensando en lo mucho que Sam se parecía a su padre.

—Le diremos a tu padre o a tu hermano que pongan el jarrón donde tú quieras. Pesa mucho.

—Yo puedo llevarlo —le dijo Lila—, pero esperaré a ver dónde le gusta a mi madre.

—No lo lleves tú, si quieres cambiarlo de sitio, avísame —le pidió Agnes.

Lila asintió.

—Está bien, Agnes. Gracias.

Sonriendo, Agnes volvió a sus labores en la cocina mientras Lila seguía admirando el ramo.

Por la tarde, Lila se duchó y se preparó para salir a cenar. Después de secarse el pelo, se puso un vestido negro de algodón sin mangas. Al igual que el día anterior, su madre apareció en su habitación antes de que Sam llegase.

—Lila, he visto el ramo de flores. Ha sido todo un detalle por parte de Sam.

–Sí, tienes razón, es muy bonito.

–Las flores son rosas y azules. También me alegro de que se lo hayas contado.

–En realidad, no se lo conté. Se ha dado cuenta él.

–En ese caso, es un hombre muy observador. Tu padre sigue sin tener ni idea.

–Mamá, todavía no puedo contárselo. No soportaría que los dos me presionasen para que me casase.

–No hace falta que se lo cuentes todavía. Antes, Sam y tú debéis tomar algunas decisiones.

–Esta noche vamos a salir a celebrar la noticia.

–Eso es maravilloso. Espero que os lo paséis muy bien.

–Sam me ha sorprendido mucho, pero no te hagas falsas ilusiones. Me sigue pareciendo igual de conservador que papá y no soporto su manera de ver a las mujeres.

–Bueno, lo importante es que le des una oportunidad. No te cierres a nada. Recuerda que ya no vas a estar sola, vas a tener un bebé. Es estupendo que Sam quiera que lo celebréis esta noche.

–Sí, es cierto. Yo también me alegro de que haya reaccionado así. Todavía no me ha pedido que me case con él, pero me imagino que lo hará. No hacerlo iría en contra de sus principios –comentó Lila mientras se cepillaba el pelo.

–Sé tolerante y piénsalo bien antes de rechazarlo.

–De acuerdo –respondió Lila sonriendo a pesar de saber que no iba a casarse con Sam.

–Voy a bajar a esperarlo –anunció Barbara–. Me gusta charlar con él. Ojalá tu hermano intentase copiarlo un poco.

–Gracias, mamá –le dijo Lila antes de que saliese de la habitación.

Luego se miró en el espejo y se recogió el pelo.

No oyó el timbre, pero su madre le informó poco después de que Sam ya había llegado y ella no tardó en bajar a saludarlo.

Capítulo Siete

Cuando Lila entró en el salón, tanto Sam como su padre se levantaron y esperaron a que estuviese sentada para volver a acomodarse. Sam la miró de arriba abajo sonriendo. El ramo de flores estaba encima del piano.

–Hola, Sam –le dijo–. Las flores son preciosas. Muchas gracias.

–Me alegra que te hayan gustado –respondió él.

–Son bonitas, sí –comentó Beau–. Aunque con el calor que hace en agosto en Texas hace falta mucha agua para mantenerlas vivas. ¿Hay algo que celebrar?

–Sí –respondió Sam, y Lila contuvo la respiración–. He invitado a Lila a cenar y me ha dicho que sí, así que he pensado que las flores serían un bonito detalle para la elegante dama hollywoodiense.

Lila sonrió aliviada.

–Lila es texana y siempre lo será –comentó Beau–. Por cierto, que quería hablar contigo, pero se me olvida siempre que te veo en el club. Quiero construir otra casa para uno de mis empleados, y quiero que lo hagas tú.

–Por supuesto. Te llamaré mañana para hablar del tema.

Lila escuchó su conversación e intervino cuando cambiaron de tema. Pensó que Sam estaba muy guapo con aquel traje negro, camisa blanca y corbata azul. A pesar de los nervios, no podía evitar desearlo.

Cuando por fin estuvieron en el coche, Sam la miró y le dijo:

–Tengo un avión esperándonos. ¿Qué te parece que vayamos a Dallas? He pensado que no querrías que nos vieran tanto juntos en Royal.

–La verdad es que no.

Sam condujo hasta el pequeño aeropuerto donde los estaba esperando su avión privado.

Una vez en el restaurante de Dallas, Sam tomó su mano y sonrió, y Lila volvió a desear que todo fuese diferente y que su acompañante tuviese unas ideas más modernas.

–¿Qué te apetece beber?

–Un *ginger ale*.

Él sonrió.

–En ese caso, yo tomaré lo mismo.

–No hace falta.

El camarero apareció y Sam pidió dos *ginger ales*.

–Eso es ridículo. Tómate una copa de vino o una cerveza, lo que te apetezca.

–Cuando tú puedas beber vino, yo lo beberé también. Ahora mismo prefiero acompañarte.

Lila miró a su alrededor, la luz del restaurante era tenue, tenía una pequeña pista de baile y había velas en todas las mesas. No pudo evitar pensar en el abismo que había entre Sam y ella. No tenían futuro. Tenía que llevarse bien con él porque iban a tener un hijo juntos, pero sabía que no compartirían muchas noches más como aquella. Lo miró a los ojos y se le encogió el corazón.

Era muy guapo, tenía los ojos azules y las pestañas muy espesas, el pelo castaño y liso, la mandíbula fuerte, la nariz recta. El traje negro le daba un aspecto imponente. Los gemelos dorados brillaban bajo la luz de las velas. Lila volvió a desear que tuviese una visión más moderna de las mujeres.

Él también la estaba mirando mientras le acariciaba los nudillos suavemente.

–Gracias otra vez por las flores.

–Representan alegría y esperanza, Lila. De verdad que estoy emocionado. Un hijo es siempre un milagro.

Ella inclinó la cabeza para estudiarlo.

–Me sorprendes. Jamás me imaginé que reaccionarías así. Pensé que no te gustaban los niños y que por eso te oponías a que hubiese una guardería en el club y ahora resulta que estás encantado con la idea de ser padre.

–El nacimiento de un bebé siempre es motivo de alegría, pero eso no tiene nada que ver con que haya una guardería en el club. Te aseguro que estoy feliz y que me encantaría poder gritar y dar saltos de alegría, pero no puedo hacerlo y voy a conformarme con brindar con *ginger ale.* ¿Ves?, estoy tan emocionado que no puedo parar de hablar.

Sonrió de oreja a oreja y a Lila se le aceleró el corazón y no pudo evitar devolverle la sonrisa. Luego apartó la vela y se inclinó sobre la mesa para acercarse y darle un beso que ella le devolvió. Lila estaba feliz y triste al mismo tiempo.

—No sabes lo contento que estoy –repitió Sam.

—Yo estoy contenta, pero también sorprendida. Votaste en contra de que hubiese mujeres en el club y también en contra de la guardería. Y, si tuvieses que volver a votar mañana, harías lo mismo, ¿verdad?

—Eso creo. No quiero que nuestro bebé esté en una guardería. Hasta ahora no había pensado en ello de manera personal. Como te dije, para mí el club es un refugio para los hombres y no entiendo que las mujeres no tengan un club propio. No obstante, prefiero no hablar de ese tema esta noche. Estamos aquí para celebrar que vamos a tener un hijo y, en estos momentos, eso es lo más importante en mi vida.

—En eso estoy de acuerdo.

Sam miró hacia la pista de baile.

—Ya hay algunas parejas, vamos a bailar.

Se puso en pie sin soltarle la mano y Lila se levantó con él. En cuanto llegaron a la pista,

Sam la tomó entre sus brazos para bailar. Era un baile pegado, sensual, lleno de deseo. El pianista estaba cantando una canción muy romántica que Lila se sabía de memoria y pensó que jamás podría olvidar aquella noche con Sam.

La había sorprendido con las flores, la cena, su actitud, con el hecho de no pedirle que se casase con él.

Bailaron muy despacio y volvieron a la mesa al terminar la canción. Sam esperó a que Lila se sentase y le acarició la nuca.

Les habían llevado la bebida y Sam tomó su vaso.

–Por nuestro bebé, Lila, y por ti, la madre de mi hijo.

Ella levantó el suyo también.

–Por ti, Sam, por tu comprensión y por no haber intentado convencerme de que me case contigo nada más enterarte de la noticia.

–¿Tan mal te hubiese parecido que lo hiciese, Lila? –le preguntó.

Para después añadir rápidamente:

–No hace falta que me contestes. Ya te he dicho que lo de esta noche es una celebración y no quiero estropearla con nada.

–Estoy de acuerdo. Gracias por la velada, Sam.

Él volvió a levantar su vaso y brindó con ella.

Luego tomó su mano y se la acarició suavemente, y Lila no pudo evitar pensar que lo estaba haciendo todo bien, cosa que estaba empezando a ponerla nerviosa.

–¿Has tomado alguna decisión con respecto a nuestro hijo? –preguntó él.

–La verdad es que no. Todavía me estoy haciendo a la idea. Ya lo he dicho en el trabajo y voy a tomarme algo de tiempo libre. Además de mi madre, lo saben Shannon y mi médico de California.

–¿No tienes un médico en Royal?

–El de mi familia, pero no está al corriente.

–Deberías ir a un médico en Royal o en Midland. Yo te llevaré a Midland si lo prefieres. Nunca sabes cuándo lo vas a necesitar y es por el bien del bebé. Así, si hay una emergencia, no tendrás que ponerte a buscarlo deprisa y corriendo.

–Supongo que tienes razón.

–Yo me quedaría más tranquilo, por tu bien y por el del bebé.

–Está bien, Sam. Esta vez ganas tú.

–No es una competición, Lila. Solo quiero lo mejor para ti y para el bebé.

–Tengo que admitir que no dejas de sorprenderme. Te estás ganando el título de Hombre más Impredecible del Mundo.

Él sonrió y levantó su vaso para brindar de nuevo. Ella lo imitó y bebió.

–¿Has pensado en el nombre?

–Todavía no. Ni siquiera sé si quiero saber si es niña o niño. En cualquier caso, pienso que aún es demasiado pronto para pensar en nombres.

–¿Puedo opinar yo?

–Sí. No te prometo que vaya a hacerte caso, pero estoy dispuesta a escucharte.

–Bien. Avísame cuando decidas hacerlo público para que pueda contárselo a Josh. Es mi única familia.

–De acuerdo. Antes quiero tomar algunas decisiones y la verdad es que preferiría que la noticia solo se supiese en Royal después de que yo haya vuelto a California.

–Como quieras –respondió él–. Has dicho que tu madre ya lo sabe, ¿qué le ha parecido? Va a ser su primer nieto.

–Mi madre está contenta y me apoya, pero es una situación nueva para ella. Supongo que no se sentirá realmente feliz hasta que no tenga al niño en brazos.

–Supongo que tienes razón.

–Le caes muy bien, así que ya tienes a alguien de tu parte.

–¿Necesito tener a alguien de mi parte?

–En realidad, no. También le han encantado las flores.

–Es lo que puedo hacer por el momento, mandarte flores e invitarte a cenar. Aunque lo que me gustaría es poder bailar en la calle principal de Royal y en el club, y contarle a todo el mundo que voy a ser padre. Pero no te preocupes, no voy a hacerlo todavía. Lo que no sé es si voy a poder contenerme cuando nazca el niño, Lila. Es un milagro.

–Suenas muy convincente.

–Soy completamente sincero –le aseguró él, mirándola a los ojos–. Es lo mejor que me ha pasado en la vida.

–Sé que me estoy repitiendo, pero de verdad que jamás me habría imaginado que reaccionarías así.

–¿Ves?, no me conoces tan bien, pero lo harás. En realidad, yo también estoy sorprendido conmigo mismo. Nunca había pensado en tener hijos y no sabía que la idea iba a gustarme tanto.

Lila se puso seria. El hecho de que Sam quisiese formar parte de la vida del niño podía convertirse en un grave problema.

El camarero fue a tomarles nota y Lila apartó la mano de la de Sam. Pidió salmón a la plancha y vio que Sam la observaba divertido y después pedía unas costillas.

–Gracias por dejarme elegir –comentó Lila después de que el camarero se hubiese marchado.

–No quiero interponerme en tu independencia.

–Gracias.

–Puedo adaptarme e intentar complacerte, de hecho, me encanta hacerlo –admitió él con voz ronca, volviendo a tomar su mano–. Me encantaría pasar horas esta noche intentando complacerte, cariño.

—Vas a hacer que me ruborice –respondió ella en un susurro.

Él tomó su mano y le dio un beso.

—Ojalá pudiésemos cenar en dos bocados e irnos a algún sitio mucho más íntimo.

—Pero vamos a ser sensatos y a quedarnos aquí, hablando de nuestro futuro –le respondió ella–. No obstante, me alegro de que tu actitud sea tan positiva, Sam.

—Me lo tomaré como un cumplido que pretendo devolverte antes de que se haya terminado la noche –dijo él.

—Será mejor que cambiemos de conversación, Sam.

—Sí, ya la continuaremos dentro de unas horas, en mi casa.

—¿En tu casa? Sam, te veo demasiado seguro de ti mismo y me temo que vas a llevarte una decepción.

—Bueno, ya veremos –dijo él sonriendo.

—Dime, ¿hoy has trabajado en tu despacho o en Pine Valley? –le preguntó Lila para cambiar completamente de conversación y dejar de coquetear con él.

—En estos momentos estamos construyendo cuatro casas. He estado en dos de ellas, después en el despacho y en el club. Allí solo se habla de la desaparición de Alex Santiago. Que yo sepa, sigue sin saberse nada de él.

—He visto a Nathan un par de veces y parece muy preocupado –comentó Lila.

—En el club se está extendiendo el rumor de que Chance podría estar implicado.

—¿Por qué iba a hacer Chance nada para perjudicar a Alex?

—Por una mujer —respondió Sam—. Cara Windsor. Chance salía con ella antes de que se enamorase de Alex.

—No veo a Chance capaz de hacerle daño a nadie, la verdad, pero no lo conozco lo suficientemente bien.

—Estoy de acuerdo contigo. La última vez que estuve charlando con Alex, poco antes de su desaparición, nos interrumpió Dave Firestone muy enfadado. Yo me marché, así que no sé de qué hablaron, pero ambos estaban muy alterados.

—¿Se lo has contado a Nathan?

—No, pero tal vez debería hacerlo.

—Yo pienso que sí. Podría ser importante. Sería horrible que la investigación se centrase en la persona equivocada.

El camarero llegó con la comida y ambos guardaron silencio hasta que se hubo marchado.

Mientras cenaban, Sam siguió dándole conversación y le mostró lo mejor de él.

Bailaron hasta las diez y luego volvieron a Royal.

—Ven a mi casa, Lila. Todavía es pronto y podemos charlar un rato.

—Sam…

—Solo hablaremos. Y te llevaré a casa cuando

quieras. Venga. ¿O prefieres irte a casa a estar con Hack?

–Está bien, pero solo un rato.

Sam cambió de dirección para ir hacia Pine Valley.

Cuando llegaron a su casa, la condujo directamente a la cocina.

–Vamos a beber algo. ¿Te apetece otro *ginger ale*, leche, chocolate caliente?

–Chocolate caliente, por favor.

–Lila, me gustaría que esta noche nos conociésemos mejor. Sé muchas cosas de tu familia porque soy amigo de tus padres, aunque me relaciono sobre todo con tu padre.

Mientras hablaba, se quitó la chaqueta y se remangó. Se desabrochó los botones más altos de la camisa y entonces se dio cuenta de que Lila lo estaba observando. Ella se ruborizó y apartó la vista.

–Tú también puedes ponerte cómoda si quieres –le dijo él.

–Estoy bien así, gracias.

Sam se acercó a ella.

–Yo creo que te sobra algo, y espero que no te moleste.

Le quitó el pasador que le sujetaba el pelo y dejó que le cayese sobre los hombros.

–Me gustas más con el pelo suelto. Tienes un pelo precioso, Lila.

–Gracias –susurró ella, mirándolo a los labios, casi sin respiración.

Pensó que Sam iba a besarla, pero él se dio la vuelta y dijo:

—Entonces, un chocolate caliente.

Y ella intentó contener la decepción.

Luego volvieron al salón, desde donde se veían el patio y la piscina. Lila se sentó en un extremo del sofá y Sam a su lado, más cerca de lo que ella había esperado. Ambos dejaron sus tazas encima de la mesa que tenían delante.

—Esta noche ha sido genial. Estoy muy contento, Lila. ¿Cómo no voy a estarlo? Va a ser mi primer hijo.

Ella se echó a reír.

—Todavía faltan seis meses. A lo mejor se te pasa la emoción.

—Yo pienso que es más probable que aumente con el tiempo.

—Yo también me lo he pasado muy bien esta noche, Sam, pero sé que antes o después surgirán los problemas.

—Nos enfrentaremos a ellos cuando llegue el momento.

—Siempre tan seguro de ti mismo.

—¿Sabes mucho de bebés, Lila?

—No sé nada, pero estoy leyendo al respecto e iré a clases.

—Ah, sí. Yo también debería ir a alguna clase. Podríamos hacerlo juntos.

—Voy a marcharme a California, ¿recuerdas?

—Pero podrías volver a Royal a tener el bebé, ¿no? Supongo que es lo que quiere tu madre.

—Sí, ella ya está haciendo planes, pero yo todavía no he tomado una decisión.

—En cualquier caso, es tu decisión —le dijo él, levantándose para sacar algo del bolsillo de su chaqueta y ofrecérselo—. Es para ti, cariño.

Ella miró el pequeño paquete con sorpresa.

—Ábrelo, es un regalo.

—Sam, no hace falta que me compres regalos ni flores.

—No hace falta, pero quiero hacerlo —respondió él, volviendo a sentarse a su lado.

Lila desenvolvió el paquete y abrió la caja, en la que había un colgante en forma de corazón, cubierto de diamantes.

—Es precioso.

—Ábrelo.

—¿Se abre? —dijo ella, abriéndolo y viendo que de dentro caía un papel muy pequeño.

Lo desdobló y leyó: *Para la foto de nuestro bebé. Sam.*

—Sam, qué bonito.

Cerró el corazón y se dio cuenta de que en la parte de atrás figuraba la fecha de aquel día.

—Es la fecha de hoy —comentó.

—Es para que te acuerdes de la noche que celebramos la llegada de nuestro hijo.

Sin pensarlo, Lila lo abrazó y le dio un beso.

—Muchas gracias. Me encanta. Pónmelo, Sam.

Él tomó la caja con el colgante y lo dejó todo encima de la mesa.

—Te lo pondré, pero luego. Ven aquí, cariño –dijo, sentándola en su regazo–. Llevo deseando hacer esto desde que te he visto entrar en el salón del rancho de tus padres esta tarde.

A ella se le aceleró el corazón, pero puso los brazos alrededor de su cuello.

—Ya estoy metida en una situación que no puedo controlar, así que, como dicen, de perdidos, al río –susurró.

Sam miró sus labios y ella se acercó. Fue un beso apasionado, seductor. A Lila le encantaba estar entre sus brazos, que la besase y besarlo.

¿Cómo iba a rechazarlo y a mantener las distancias con él? En esos momentos no quería hacerlo.

Hundió los dedos en su pelo, gimió suavemente y pensó que quería mucho más de él. Quería otra noche de pasión.

Casi no se dio cuenta de que Sam le había desabrochado el vestido, pero él no tardó en bajárselo hasta la cintura. Después, le quitó también el sujetador de encaje negro y la acarició.

Ella tomó su rostro entre las manos y lo besó apasionadamente. Sabía que era un error, pero en esos momentos no le importaba.

—Sam, no estás jugando limpio. Sabes que puedes llegar a ser irresistible.

—No estoy jugando –susurró él, pasándole la lengua por el lóbulo de la oreja y haciendo que se estremeciese de placer.

Luego se apartó para admirarla y para tomar sus pechos con ambas manos.

–Eres la mujer más bella del mundo, Lila –le dijo en un susurro.

–He estado muy sola, ha sido muy difícil, Sam –admitió ella–. Y esta noche quiero tus besos, tus abrazos, tu seguridad.

–No tienes por qué estar sola nunca más –le aseguró él–. Haría cualquier cosa por ti, Lila, pero eres tú quien debe tomar la decisión.

Ella volvió a besarlo, le sacó la camisa de los pantalones y se la desabrochó para poder quitársela. Luego pasó las manos por su pecho y lo besó en el cuello mientras él seguía acariciándole los pechos.

Lo deseaba tanto que se levantó y lo ayudó a levantarse también. Con el corazón acelerado, se dio cuenta de que Sam estaba consiguiendo que se enamorase de él.

Sam la abrazó y la besó, y Lila se aferró a su cuello. Él la tomó en brazos para llevarla a una de las habitaciones de la planta baja, donde la dejó en el suelo y le quitó el vestido.

–Lila, me cortas la respiración –susurró–. Eres preciosa, cariño.

Ella se quitó los zapatos y empezó a desabrocharle el cinturón.

–Sam –murmuró, quitándole los pantalones y la ropa interior.

Luego se miraron fijamente y ella se arrodilló para acariciarlo y besarlo.

Él hundió los dedos en su pelo y gimió mientras Lila se aferraba a sus musculosas piernas.

Entonces, Sam la ayudó a levantarse y la besó apasionadamente en la boca.

Lila deseó que la hiciese suya. Dejó de pensar en el futuro y en el pasado y se centró en el presente. En esos momentos solo quería otra noche de pasión con Sam.

Él la tomó en brazos de nuevo para dejarla encima de la cama y luego la besó detrás de la oreja, en la garganta, y siguió bajando con los labios, acariciándola y dedicándole bonitas palabras.

—Eres increíble. Eres la perfección. La mujer más bella del mundo. Mi vida, no sabes cuánto te deseo.

Consiguió que Lila se sintiese la mujer más deseada de la Tierra y, a pesar de saber que era una exageración, le gustó oír todo aquello y sentir sus besos y sus caricias.

—Sam, hazme el amor. Ven aquí —le pidió, abrazándolo.

Él se colocó entre sus piernas y la miró fijamente.

—Venga —insistió Lila.

Y Sam la penetró muy despacio, con cuidado.

—Ponme las piernas alrededor de la cintura —le dijo.

Y ella obedeció y empezó a moverse debajo de él, que fue profundizando e intensificando sus movimientos hasta que la oyó gritar de placer.

–Mi cielo –susurró Lila, abrazándose a él.

–Mi amor –respondió él, estremeciéndose también.

Ambos pasaron unos segundos recuperando la respiración.

–Sam, ha sido perfecto. Ha sido una noche maravillosa.

–Quiero pasar toda la noche haciéndote el amor. Si pudiese, me pasaría una semana encerrado aquí contigo, o más.

Ella lo besó en la mejilla y en la frente y Sam cambió de postura sin dejar de abrazarla.

–Ha sido maravilloso –añadió Lila en voz muy baja, casi con la esperanza de que Sam no la oyera.

Él volvió a besarla.

–Me gustaría tenerte siempre entre mis brazos –dijo él.

–En lo que a mí respecta, esta es una noche para olvidarse de las dificultades y los problemas.

–En eso estoy de acuerdo. Y todavía no se ha terminado.

Lila se acurrucó contra su pecho y le acarició el hombro.

–¿Qué vamos a hacer, Sam? –preguntó ella, aunque en realidad no quería una respuesta.

–Por el momento, abrázame. Y luego nos daremos una ducha.

—De acuerdo –dijo ella, incorporándose para darle un beso–. Eres increíble.

—La admiración es mutua, Lila. Podríamos estar muy bien juntos si los dos pusiésemos de nuestra parte.

—Me parece un sueño, pero te aseguro que me encantaría que se hiciese realidad.

—Intentémoslo. Si los dos nos lo proponemos, podríamos conseguirlo.

Después de pasar unos minutos abrazados, charlando, Sam la llevó a la ducha.

Una vez duchada y vestida, Lila le dijo:

—Ya puedes ponerme el colgante.

—Por supuesto.

Sam fue a buscarlo y se lo puso mientras la besaba suavemente en la nuca.

—Gracias por el regalo y por ser tan maravilloso.

—De nada, cariño.

—Ahora, tengo que marcharme a casa.

—Sí, pero quiero que vuelvas a salir conmigo. Mañana por la noche hay una actuación en el club, y un menú especial de langosta.

—De acuerdo –accedió Lila–. Lo cierto es que será nuestra despedida, porque empiezo a trabajar de nuevo el miércoles y a partir de entonces estaré muy ocupada.

—Vaya, eso no suena nada bien. Trabajas más de la cuenta, ¿verdad?

—Yo diría que estoy muy entretenida, pero me cuidaré.

–En ese caso, tenemos que salir a cenar mañana. Se me está ocurriendo algo especial.

–Has despertado mi curiosidad –admitió Lila–, pero tengo que marcharme a casa.

Sam la llevó al rancho y la acompañó hasta la puerta.

–Lila, esta ha sido otra de las mejores noches de mi vida. Estoy deseando volver a verte mañana. La espera se me va a hacer eterna.

Ella se echó a reír.

–No te preocupes, Sam, sobrevivirás sin mí.

–No sin esfuerzo. Pasaré a recogerte a las seis. Y luego te daré otra sorpresa. Hoy no me ha parecido el momento adecuado. Esta noche era solo nuestra celebración.

–Estoy impaciente –admitió ella.

Sam la abrazó por la cintura y le dio un beso.

–He pasado una noche maravillosa. Gracias por la cena, por el colgante, por las flores y por ser tan… –le dijo Lila, intentando encontrar la palabra adecuada– comprensivo.

–Yo creo que no me conoces de verdad –respondió él–, pero me conocerás.

–Seguro que sí. Buenas noches, Sam.

Lila entró en casa y poco después oyó alejarse su coche.

Apagó las luces que sus padres le habían dejado encendidas y fue en silencio hasta su habitación. En vez de haberse enfrentado a Sam, había disfrutado de una maravillosa velada con él, pero sabía que en su siguiente cena tendrían que hablar de su futuro y del bebé. Además, Sam quería darle algo que haría que todavía le costase más ponerse seria con él.

Solo faltaban unas horas para que volviese a estar con él y ya estaba nerviosa. Estaba enamorándose de Sam y sabía que no podía ser bueno, pero por el momento no lo podía evitar.

A la noche siguiente, Lila se puso un vestido rojo que le llegaba por encima de las rodillas y sandalias de tacón también rojas. Probablemente, aquella sería la última noche que pasase con Sam, porque después volvería a estar muy ocupada con su trabajo. Y luego regresaría a California, tal vez, hasta después del nacimiento del bebé.

Sam llegó a su casa vestido con una camisa de algodón azul y pantalones también azules, y la llevó directamente a su casa.

–Vamos a tomarnos uno de nuestros deliciosos *ginger ales* –le dijo–. Luego quiero hablar contigo y enseñarte algo. Después iremos a cenar al club. Aunque, si prefieres, podemos quedarnos aquí.

–De acuerdo –le dijo ella, bajando del coche–. Gracias por las flores de hoy. Mi familia está impresionada. Hack ni siquiera ha podido hacer uno de sus desagradables comentarios.

–Me alegro.

–Todavía no le he enseñado el colgante a mi

padre porque sé que me haría muchas preguntas y pensaría que lo nuestro va en serio. Se lo enseñaré después de contarle que va a ser abuelo.

–Sabes manejar muy bien a tu padre, cariño. Y a Hack también.

–Ninguno de los dos sospecha nada a pesar de que tengo náuseas por las mañanas y nos vemos todos los días.

–Que Hack no se haya dado cuenta no me parece sorprendente. Apuesto a que ni siquiera te ve, ya que tiene las preocupaciones propias de un adolescente. Lo de tu padre es diferente. En ocasiones, solo vemos lo que queremos ver.

–Tal vez tengas razón.

–Vamos a tomarnos algo –sugirió Sam, conduciéndola al salón–. Llevo todo el día pensando en ti.

Lila no quiso decirle que a ella le había ocurrido lo mismo.

–Se te pasará –respondió, sonriéndole.

Él sirvió dos *ginger ales* y luego levantó su vaso.

–Otro brindis, por nuestros recuerdos y por nuestro hijo –le dijo.

Ella levantó su vaso y después le dio un sorbo.

Sam tomó su mano y la miró fijamente.

–Eres especial, Lila, y nuestro bebé también es algo muy especial para mí.

–Sam, me siento halagada.

–Quería hacer esto de otra manera –admitió él–, llevarte a algún lugar maravilloso, pero en el último momento he decidido que prefería que estuviésemos los dos solos.

Lila volvió a llevarse una sorpresa al ver que clavaba una rodilla en el suelo ante ella y le preguntaba:

–Lila, ¿quieres casarte conmigo?

Capítulo Ocho

A pesar de que Lila había esperado que Sam le pidiese que se casase con él nada más enterarse de que estaba embarazada, la pregunta la sorprendió. Como no se la había hecho inmediatamente, había empezado a pensar que no se la haría.

El corazón se le aceleró.

—Sam, por favor.

Se levantó para alejarse de él y no volvió a mirarlo hasta que no hubo el espacio suficiente entre ambos.

Él se puso en pie y empezó a andar hacia ella, pero se detuvo al ver que Lila levantaba la mano.

—Como no me lo habías pedido hasta ahora, había dejado de preocuparme por ello.

—No tienes ningún motivo para preocuparte. Te lo digo con toda sinceridad. Quiero casarme contigo.

—Por supuesto. Y te lo agradezco mucho, pero no puedo. Has sido increíble conmigo, pero no puedo casarme contigo.

Sam frunció el ceño, como si no se hubiese esperado aquella respuesta.

Lila lo vio acercarse y apretó los puños. No iba a permitir que la convenciera.

Él tocó sus manos cerradas.

—Estás helada —le dijo, volviendo a fruncir el ceño—. ¿Por qué no puedes casarte conmigo?

—Eso es muy sencillo: porque tenemos filosofías de vida completamente diferentes. Tú no quieres una esposa que trabaje fuera de casa, ¿verdad?

—Verdad. ¿Por qué ibas a querer trabajar, si tienes un bebé del que cuidar, una mansión que atender, obras benéficas en las que colaborar…?

—Espera un momento. ¿No te importa que tu mujer pase horas colaborando en obras sociales, pero no quieres que trabaje y gane un salario?

—La beneficencia es mucho menos absorbente que un trabajo y tú lo sabes, Lila —respondió él.

—Pues yo he visto a mi madre trabajar muchísimo en obras sociales. Y pretendo mantener mi trabajo y mi carrera. Y tú no puedes estar de acuerdo en eso porque significa que tendré que vivir en California.

—Me parece que no estás pensando en nuestro bebé y que no estás siendo nada sensata.

—¿Que no estoy siendo sensata? —repitió ella, fulminándolo con la mirada—. Ese comentario sí que es propio del Sam Gordon de siempre. Además, hay otro motivo mucho más importante por el que no puedo casarme contigo: no estamos enamorados.

–Lila, estamos estupendamente juntos. Ha sido fantástico. Te lo he dicho muchas veces, y tú a mí, y has actuado como si fueses feliz en mi compañía. Para mí es suficiente, y me importas como para decirte que te quiero.

–Por favor. No hagas eso. Nunca lo habías dicho antes, no lo hagas ahora. No tengo intención de casarme sin amor.

Se hizo un silencio.

–Lila, mira. Yo pienso que acabaremos queriéndonos de verdad. Siento algo por ti, de eso estoy seguro. Y quiero estar contigo. A excepción del tema del papel de la mujer en la vida, somos compatibles.

–Sam, deberías escuchar lo que estás diciendo: «el papel de la mujer en la vida». Por favor, vuelve a este siglo.

–Eres demasiado independiente. Quieres marcharte a California y criar a nuestro hijo sola para poder trabajar y vivir a tu antojo –la acusó.

–Podría resumirse así, sí –admitió ella, cada vez más enfadada.

–Lo pasarás mal como madre soltera y evitarás que el niño conozca realmente a su padre solo por empeñarte en seguir trabajando. Un hijo es para siempre mientras que un trabajo nunca es algo seguro. ¿Por qué destrozar tu vida por él?

–No voy a discutir de eso contigo. Quiero tener una carrera y punto. Final de la discusión.

–Si quieres trabajar, podrías hacerlo en Royal.

–¿Cuántos trabajos como el mío hay en Royal?

–Bueno, tal vez no los haya, pero hay otros trabajos interesantes. Y sabes que me gusta estar contigo. Creo que vas a destrozar dos vidas solo para demostrar lo independiente que eres.

Lila aumentó la distancia con él.

–No estamos enamorados y esa es mi principal razón. No quiero un matrimonio de conveniencia –le dijo, volviendo a mirarlo–. Sam, quiero amor. Amor verdadero. Y entre tú y yo no lo hay, así que no intentes decirme que me quieres.

–No lo haré –respondió él–, pero podríamos intentar dar una oportunidad al amor.

–Podríamos hacerlo, pero sin casarnos.

–¿Por qué no piensas en el bebé?

–Lo estoy haciendo. ¿Crees que un niño es feliz cuando sus padres no se quieren?

Lila se sintió fatal. Sam era guapo y le gustaba mucho, pero también era demasiado conservador. No podría soportar vivir con él. Eran demasiado distintos y ninguno de los dos iba a cambiar.

–Intentaría hacerte feliz, Lila –insistió él.

–Lo sé, pero no funcionaría. Tú quieres una

mujer que lleve la vida que tú quieres, como mi madre. No quieres vivir en California, ni yo quiero venir a Royal. Y no estamos enamorados. Insisto en que eso es lo más importante.

Durante los últimos días, Sam había empezado a importarle, pero Lila sabía que se le pasaría porque ambos querían cosas diferentes de la vida. Cada vez que se decía que no había amor entre ambos, se sentía fatal, pero no, no podía haberse enamorado de aquel tipo machista y testarudo.

–Sam, el amor lo puede todo y, si estuviésemos enamorados, lo intentaríamos, pero no lo estamos. Tú no estás enamorado de mí. Después de nuestra primera vez, ni siquiera intentaste volver a verme, solo me llamaste un par de veces.

–No me respondiste. Pensé que no querías saber nada de mí.

–Es comprensible. En cualquier caso, forma parte del pasado. Tú eres como mi padre, pero yo no soy como mi madre. No tenemos futuro. Admítelo. Podemos ponernos de acuerdo y dividir nuestro tiempo. Muchas parejas lo hacen.

–Pero eso no significa que esté bien.

–Yo quiero un matrimonio con amor, casarme con alguien que me apoye en lo que quiero hacer. Y supongo que tú quieres lo mismo. ¿Tus padres se querían?

–Eso tengo entendido. Mi madre murió tan pronto que no me habría enterado si no hubiese sido feliz, pero mi padre se quedó destrozado con su pérdida, así que me imagino que se querían.

–¿Y tú no quieres casarte por amor?

–Sí –respondió Sam muy serio.

–¿Ves? Pues ahora sé realista. Las flores son preciosas, pero deja de mandármelas y deja de intentar algo que es imposible. Compartiré el bebé contigo. Soy consciente de que también es tuyo.

–Pero va a ser más difícil si estamos separados.

–Probablemente, pero casarnos para hacerlo más fácil no es la solución.

–Muchas personas se casan por ese motivo, por el bien de un bebé. Y seguro que muchos terminan por enamorarse y les sale bien.

–Yo no voy a arriesgarme.

Él se acercó y la abrazó.

–Esto tiene que contar para algo –le dijo antes de besarla.

Ella volvió a cerrar los puños y se resistió al principio, pero después se olvidó de todo y disfrutó de la sensación.

Sabía lo que Sam estaba intentando demostrar: que respondía a sus besos. Lo abrazó por el cuello y lo besó a pesar de saber que aquello solo serviría para darle más argumentos a Sam.

Él la tomó en brazos y la volvió a llevar al sofá, donde se sentó con ella encima.

Lila dejó de besarlo, lo miró a los ojos y notó

que se le aceleraba el corazón porque lo deseaba y quería hacer el amor con él, pero se puso en pie y fue a sentarse a una silla que había enfrente de él.

–Podemos pasar la noche juntos y hablar del futuro –le dijo Sam–. Piensa lo del matrimonio. No rechaces la idea tan pronto. No te estoy pidiendo tanto, ¿no?

–No –dijo ella.

–Bien. Tampoco me saques completamente de tu vida porque te haya pedido que te cases conmigo y me hayas dicho que no. Tendremos que encontrar algún punto de encuentro por nuestro bebé.

–Sé que lo haremos, y no te sacaré de mi vida –le contestó Lila con el corazón encogido porque le gustaba Sam.

Aunque no sabía cuánto le gustaba. Ella volvería a California. ¿Con qué frecuencia lo vería y cómo harían para compartir a un bebé, viviendo tan lejos el uno del otro?

–Si prefieres que nos quedemos a cenar aquí, en vez de ir al club, puedo hacer unos filetes. Te había prometido algo especial…

–La verdad es que se me ha quitado el apetito, así que me voy a marchar a casa. Tengo la sensación de que estamos en punto muerto.

–Tienes que comer algo, Lila. Y podemos hablar de cómo vamos a hacer para compartir al niño.

Ella se frotó la cabeza.

–Sam, faltan seis meses para que nazca. Tenemos tiempo de sobra para pensarlo y esta noche no me parece un buen momento.

Él la agarró de la mano.

–Te llevaré a casa si es lo que quieres, aunque preferiría que comieses algo.

–Estoy bien. No sé cómo lo vamos a hacer el primer año. El bebé será demasiado pequeño para estar yendo y viniendo con él.

–Lo pensaré, Lila. Tienes razón, el niño tendrá que estar contigo. Seré yo el que se adapte.

–Gracias por ser tan razonable –le dijo ella aliviada.

–Vamos a tener dieciocho o veinte años para vernos.

–Eso es abrumador –dijo ella, consciente de que tenía a Sam muy cerca.

Él le acarició la mano.

–Lila, ¿de verdad quieres ser madre soltera?

–Sí, es la decisión que tomé nada más enterarme de que estaba embarazada.

–Ojalá hubieses estado aquí y hubiésemos estado juntos –le dijo Sam muy serio.

–Lo siento, Sam. Las cosas no están saliendo como tú querías.

–Cuando vuelvas a California, ¿podré ir a ver dónde vives?

–Por supuesto. Aunque no sé para qué.

–Vamos a tener un hijo juntos y quiero saber dónde va a estar.

Ella lo miró a los ojos y sintió la tensión del

momento. Se había imaginado que no iban a estar de acuerdo y no podía estar constantemente enfrentándose a él. Era un hombre testarudo, acostumbrado a conseguir siempre lo que quería. También era encantador, considerado y cariñoso. Y era aquella parte de él la que la confundía.

–Sí, puedes venir cuando quieras a ver dónde vivo. Te enseñaré la ciudad, aunque me parece que la vas a odiar. Has crecido aquí y este es tu mundo. Te pareces tanto a mi padre…

–Gracias, me cae bien tu padre.

–Y yo lo quiero, pero tenemos puntos de vista completamente diferentes. Él es conservador, machista y, en ocasiones, bastante corto de miras. Mi familia vino a California una vez y después de dos días decidieron volver a casa. No han vuelto desde entonces. Hay demasiada gente, demasiado tráfico, y es una gran ciudad. Supongo que tu sensación será la misma al verla.

–Ya veremos. Quiero estar contigo cuando nazca el bebé –añadió Sam en voz baja.

–Falta mucho tiempo, Sam. ¿Y si uno de los dos se enamora de otra persona en ese periodo?

–Yo no voy a enamorarme de nadie. Y creo que tú tampoco. No has respondido a mi pregunta.

–Tengo que pensarlo. Imagino que la respuesta será afirmativa. Al menos, podrás venir al hospital. No sé con quién querré estar en la habitación. Ya hablaremos del tema.

–Esperaré. Supongo que sabes que tu padre va a venir a buscarme en cuanto se entere de que estás embarazada. Va a querer que me case contigo, y yo voy a tener que contarle que te lo he pedido y que me has rechazado.

–Sí, va a intentar convencerme de que me case contigo, pero soy una adulta y hace mucho tiempo que aprendí a decirle que no a mi padre. Papá no me preocupa. En cuanto nazca el niño, se pondrá tan contento que no volverá a importarle lo que haga.

–En eso no sé si estoy de acuerdo. En cualquier caso, siento que vaya a presionarte. Nadie debería casarse por ese motivo.

–Me alegra oírlo –respondió ella–. Entonces, ¿damos por zanjado ese tema?

–Sí, pero me gustaría que siguiésemos viéndonos mientras estés en Royal. Lo pasamos muy bien juntos, Lila.

–Yo no creo que tenga sentido, Sam. Además, empiezo a trabajar el miércoles y no voy a tener tiempo.

–¿Tienes miedo de enamorarte de mí? –le preguntó él, estudiando su reacción.

–No, no tengo miedo. Bueno, tal vez un poco.

Se puso en pie.

–Ahora, tengo que volver a casa.

Sam se levantó también y se quedó frente a

ella, en silencio, y Lila volvió a notar aquella tensión.

–Encontraremos una solución. Yo sigo queriendo estar contigo. Lo querría aunque no estuvieses embarazada.

–Sam, puedes ser muy conservador y, de repente, convertirte en un hombre sensato, o divertido y sexy.

–Creo que eso es lo más bonito que me has dicho esta noche.

–Por favor, llévame a casa.

–¿Estás segura de que no prefieres quedarte a hacer el amor?

Lila no pudo evitar sonreír.

–Eso está mejor –le dijo él, tocándole la barbilla–. Vamos, te llevo a casa.

Por el camino, Sam charló con ella como si no hubiese ocurrido nada. Por suerte, no volvió a sacar el tema del matrimonio ni del bebé.

–Ya sabes que todos los años se celebra una fiesta de final del verano en el club. Ven conmigo. Será justo antes de que te marches a California, el último sábado que vas a estar aquí, y suele ser muy divertida.

–Está bien, Sam. Me has convencido, iré contigo.

–Estupendo. ¿Qué tal va la guardería? –le preguntó él, interrumpiendo sus pensamientos acerca de la fiesta.

–Muy bien. Están trabajando horas extra para terminarla cuanto antes. Mañana por la mañana van a examinar el sistema de alarma. Y yo voy a reunirme por última vez con Shannon, antes de que yo vuelva a California y ella, a Austin. Serán las demás mujeres las que deban ocuparse de supervisar la finalización del proyecto.

—Entonces, ¿se va a abrir la guardería antes de lo previsto?

—No lo sé, porque lo cierto es que hay problemas con la financiación. ¿Desde cuándo te interesa la guardería?

Sam se encogió de hombros.

—Solo te he preguntado porque sé que a ti te interesa.

—La verdad es que he disfrutado mucho colaborando. Aunque todavía no me hago a la idea de que voy a tener un hijo al que podría dejar allí alguna vez.

—Vamos a tener un hijo —la corrigió Sam—. Y yo tampoco puedo imaginármelo. Ni me imagino el club lleno de niños corriendo por todas partes, pero va a ocurrir.

—Y a ti sigue sin parecerte bien, ¿verdad?

Él mantuvo la atención en la carretera y tardó unos segundos en responder.

—Sí, pero por el bebé y por ti, lo aceptaré. No tengo elección.

—Al menos, eres sincero. Y tienes razón, no tienes elección —comentó Lila, observándolo con detenimiento.

Llegaría un momento en el que Sam la presionaría más para conseguir lo que quería, aunque tal vez estuviese prejuzgándolo de nuevo. Cada vez sentía más cariño por él. No podía hacer el amor con él sin implicarse emocionalmente. Incluso después de la primera noche, había pensado en Sam mucho más de lo que se había esperado y su comportamiento de los últimos días había hecho que empezase a sentir algo por él y que bajase la guardia.

No obstante, al final, sus ideas acerca de las mujeres y del matrimonio habían salido a la superficie y Sam había actuado tal y como ella había esperado desde el principio y le había pedido que se casasen.

Cuando llegaron al rancho las luces del porche estaban encendidas. Sam aparcó entre las sombras, debajo de un roble, y salieron del coche. Lila se giró hacia él y le dijo:

–Siento no haberte podido decir que sí y que la velada haya terminado así, pero de verdad que no tengo apetito.

–Cuídate y no te preocupes.

–De acuerdo.

–Y llámame cuando quieras hablar.

Ella asintió.

–Lo haré. Aunque me temo que tal vez no sea en este viaje.

Lila se sintió como si le estuviese diciendo adiós para siempre.

–Podemos salir juntos y no hablar del futuro. Solo estar juntos.

–No tiene sentido –le dijo Lila con tristeza–. Cuanto más tiempo pasemos juntos, más posibilidades habrá de que nos enamoremos, y pienso que eso solo empeoraría las cosas, porque ninguno de los dos va a cambiar.

–¿Ni siquiera para darle a ese bebé un padre que pueda estar con él todo el tiempo?

–No. Tal vez pudiese ser feliz un tiempo, pero después el bebé crecería y yo echaría de menos tener mi carrera. Lo mejor es cortar por lo sano ahora mismo.

–Lo entiendo, pero pienso que podríamos salir juntos y pasarlo bien –insistió él–. ¿No será mejor que pasar todas las noches en casa, sola? Yo voy a ir ahora a cenar al club, ¿por qué no me acompañas?

–Esta noche no, lo siento.

–Pues mañana, para compensar lo de hoy. Te recogeré a las seis y te llevaré a algún sitio que te haga olvidar todas tus preocupaciones.

Antes de que le diese tiempo a responder, Sam se acercó y le dio un beso. Aquel beso hizo que Lila se olvidase de todo, lo abrazase y lo besase.

Cuando Sam la soltó, ambos respiraban con dificultad.

–¿Saldrás conmigo mañana por la noche?

–No, por mucho que quiera besarte –susurró ella–. Podemos pensar en cómo vamos a hacer para compartir al bebé, pero no veo más motivos para que salgamos juntos.

Él le puso una mano alrededor de la cintura para acompañarla hasta la casa.

—Bueno, no te preocupes, cariño. Todo se arreglará.

—Eres el optimismo personificado, Sam.

—Es más divertido que ser pesimista, y también más fácil.

—Ninguno de los dos va a renunciar a sus creencias ni a sus sueños. Tú quieres una esposa como mi madre y yo quiero una carrera, mi independencia y vivir en California. No lo olvides.

—No hay nada mejor para olvidarse de los problemas que bailar, besarse y reír, así que, si cambias de opinión y quieres salir conmigo, llámame. A la hora que sea. Lo dejaré todo por ti.

—Lo tendré en cuenta —le respondió ella a pesar de saber que, con cada momento que pasaba, estaban más lejos.

Al llegar a la puerta, Sam volvió a mirarla a los ojos.

—Lila, no tienes por qué estar sola en esto. Encontraremos una solución. Vete a la cama y no te preocupes.

Dicho aquello, volvió a darle un beso en los labios. Cuando se separaron, Lila lo miró a los ojos y vio que Sam los tenía clavados en su boca, supo que iba a volver a besarla, y ella no podía desearlo más. Así que, cuando se acercó, lo abrazó por el cuello y le devolvió el beso.

Cuando se separaron, respiró hondo y le dijo:

—Tus besos son una perdición.

—Y yo que pensaba que eran los tuyos los que embrujaban. Te besaré una vez más para comprobarlo.

Ella retrocedió.

—Sam, vete al club. Y disfruta de la cena. Buenas noches.

Entró en casa y cerró la puerta.

Todo estaba en silencio y Lila estaba segura de que sus padres ya estaban durmiendo. Automáticamente, fue a su habitación y se preparó para meterse en la cama mientras seguía pensando en Sam.

No podía casarse con él, pero le había prometido que lo acompañaría a la fiesta del club. No obstante, lo que quería era volver a California lo antes posible y olvidarse de Royal, de Texas y de Sam Gordon. Por muy enamorada que estuviese de él, solo tenía que recordar lo que pensaba de las mujeres para saber que no podían estar juntos. Sam Gordon no era el hombre de su vida.

Intentó olvidarse de él y pensar en la guardería.

Se dio una ducha caliente y se puso el camisón, luego se acercó al cajón en el que tenía el colgante que Sam le había regalado. Abrió la caja, lo tomó y después volvió a dejarlo. Se sentó a mirar por la ventana y se preguntó cómo iba a lidiar con Sam a largo plazo.

No tenía ni idea. Lo único que sabía era que no quería casarse con él por mucho que su reacción al enterarse de que iba a ser padre la hubiese sorprendido. Lila se había enamorado de él, pero ¿cuánto?

Sam tenía muchas cosas buenas, podía ser amable, comprensivo, sorprendente con respecto al bebé, divertido, sexy, optimista y seguro de sí mismo. Lila lo pasaba muy bien en su compañía hasta que surgía el tema de su carrera y salía a la superficie su otro yo, el machista, conservador y testarudo. Aunque, casi siempre, pesaban más sus virtudes que sus defectos.

Lila tenía que admitir que le gustaba mucho. Lo que más la asustaba era que estaba empezando a considerarlo un amigo. Podía compartir con él cualquier problema que tuviese. Y la amistad era la principal base para el amor.

–Sam –susurró–. Sam Gordon, mi amigo, mi amante, el padre de mi hijo. Has conquistado mi corazón.

Por fin se metió en la cama, a soñar con Sam y con que estaba entre sus brazos.

El lunes por la mañana, Lila se puso unos vaqueros de marca y una camisa roja que ocultaba su embarazo y pensó que aquello sería mucho más fácil cuando se marchase de Royal.

Su teléfono móvil sonó y, al responder, descubrió que era Shannon.

–Lila, Amanda Battle me acaba de llamar porque Gil Addison ha llamado a Nathan. Hoy había programada una inspección del sistema de alarma de la guardería.

–Sí, lo sé.

–Pues no ha pasado la inspección porque alguien ha manipulado el sistema.

Capítulo Nueve

Lila se quedó de piedra y en la primera persona en la que pensó fue Sam, que desde el principio se había opuesto a la apertura de la guardería. Sam había ido al club el domingo por la noche. Además, trabajaba en la construcción y debía de saber cómo manipular las alarmas. Y era un hombre acostumbrado a salirse siempre con la suya. ¿Podía haberlo hecho él?

—¿Saben quién ha podido hacerlo? —le preguntó a Shannon, cerrando los ojos y deseando no oír el nombre de Sam.

—No que yo sepa. Nathan acaba de ir para allá. Es un hombre inteligente. Atrapará al culpable. Dicen que tiene que ser un miembro del club porque nadie más ha podido acceder a esa habitación.

—Hay muchos miembros que se oponían a la construcción de la guardería, incluido mi padre, pero él jamás haría algo así. Estoy segura. Además, anoche mis padres se fueron a la cama pronto.

—No te preocupes, Lila. No creo que nadie vaya a acusar a tu padre, y mucho menos a tu madre.

–Espero que Nathan averigüe quién ha sido.

Se dijo que Sam no podía haberlo hecho, ya que era una buena persona.

–De todos modos, nos veremos luego. ¿Has quedado con ese ranchero para lo de la película?

–Sí, con Bob Milton. A la una. Con respecto a la guardería, ¿piensas que podrían intentar sabotear algo más?

–Es posible.

–Entre esto y la sorprendente desaparición de Alex, da miedo.

–Pues yo siento tener que marcharme de Royal, pero tengo planes con Rory. Bueno, nos vemos a las once en el club. Adiós, Lila.

Lila dejó el teléfono encima del aparador y se frotó la frente.

Durante los segundos que había pensado que Sam podía haber saboteado la alarma, se había sentido más dolida que enfadada. Y solo podía haber un motivo por el que se había sentido así: lo quería.

Se cubrió el rostro con las manos. Estaba enamorada y era imposible. La actitud de Sam con respecto a su embarazo y al bebé la había sorprendido y había conquistado su corazón, pero no podía olvidar que era un hombre conservador, que estaba empeñado en que tenían que casarse a pesar de no estar enamorado de ella.

Ya no dudaba de él con respecto al sabotaje

de la alarma de la guardería, pero se había opuesto a su creación, lo que volvió a recordarle a Lila que era un hombre de ideas anticuadas.

No obstante, ella ya no tenía ningún control sobre su corazón. Quería a Sam e iba a tener que superarlo.

Sin pensarlo, fue a la cocina.

Allí encontró a su madre, que todavía llevaba puesta una bata de terciopelo azul y se estaba tomando un café. Tenía el ceño ligeramente fruncido.

–Supongo que te has enterado de lo que ha ocurrido en el club –comentó Lila.

–Sí, y no me lo puedo creer. Incluso tu padre, que se oponía a la creación de la guardería, está sorprendido y disgustado. Lo que más le preocupa es que haya podido hacerlo un miembro del club.

–Supongo que no es el único al que le preocupa eso. Yo he dudado incluso de Sam.

–Sam jamás haría algo así –le aseguró su madre.

–Yo tampoco lo creo capaz.

–Sam es un buen hombre, Lila.

–Lo sé. Ahora, tengo que prepararme. He quedado con Shannon en el club.

Lila volvió a su habitación a arreglarse y después se marchó al pueblo. Al salir del coche en el aparcamiento del club, vio aparecer a Sam, que acababa de bajarse del suyo.

Llevaba puesto un traje marrón oscuro y una corbata marrón más clara, y, como siempre, a Lila le dio un vuelco el corazón al verlo. Estaba guapo y simpático, una faceta de él que chocaba con la de hombre autoritario y testarudo.

—¿Te has enterado de lo que ha ocurrido en la guardería? —le preguntó ella sin más preámbulos.

—Sí, es una pena, pero se podrá solucionar en poco tiempo, así que es solo una interferencia temporal.

Ella respiró hondo y lo miró fijamente.

—Sé que tú te opusiste a la apertura de la guardería desde el principio. También lo hizo mi padre, y muchos otros. Me parece que eso ha hecho que el culpable piense que cuenta con vuestro apoyo.

Sam apoyó las manos en sus hombros.

—La decisión acerca de la guardería se tomó de manera democrática. Yo me he opuesto a que haya mujeres y una guardería en el club, pero no puedo dejar de condenar un acto delictivo.

Lila lo miró a los ojos y se dio cuenta de que estaba enfadado. Estaba empezando a aprender que Sam no sabía ocultar sus emociones. Su rostro era expresivo y él no hacía nada para evitar que la gente supiese cómo se sentía. Y en esos momentos parecía estar diciendo la verdad.

–Pues dicen que ha sido un miembro del club –comentó ella.

–Ya lo sé. Y me fastidia, porque jamás pensé que hubiese en el club alguien capaz de hacer algo así.

Lila estaba segura de que no había sido él.

–Deja que te invite a cenar esta noche –añadió Sam–. Te he echado de menos.

Muy a su pesar, ella negó con la cabeza.

–Gracias, pero no tiene sentido. Lo nuestro no tiene ningún futuro. Ahora, he quedado con Shannon.

Lila echó a andar y él la siguió y le abrió la puerta del club.

–Tal vez no me conozcas tan bien como piensas, Lila.

–Pero sé cuáles son mis principios. Adiós.

Se alejó y él la dejó marchar.

Después, Sam fue a uno de los salones que estaban vacíos. Necesitaba pensar unos segundos en Lila. Ella lo había acusado de ser machista y testarudo, y de no quererla.

¿No se daba cuenta de que podían llegar a quererse? Quería estar con ella. Quería tenerla en su cama todas las noches. Si ella volvía a Royal, a vivir con él, si se casaban, Sam estaba seguro de que acabarían queriéndose.

Sacudió la cabeza. Lila jamás volvería a Royal. Estaba seguro. ¿Tendría razón ella? ¿Y si las diferencias que había entre ambos eran insalvables?

La cuestión era: ¿cómo de importante era Lila para él?

Se levantó y fue hasta la ventana. Le había enviado flores, la había invitado a salir, pero no se había dado cuenta de que tal vez la distancia que había entre ambos era insuperable.

Él no estaba enamorado, ni ella tampoco, pero estaban bien juntos. Con o sin amor, tenían que casarse, pero ella no accedería jamás.

Y no iba a conseguir que cambiase de opinión mandándole flores ni invitándola a cenar, tenía que hacer algo mucho más profundo.

¿Era un error querer casarse con ella? ¿Era un error casarse sin amor? ¿Y si el amor no llegaba después? Él no quería casarse con una mujer ambiciosa, que solo pensase en su carrera. No quería una mujer que viviese en California mientras él estaba en Texas.

Y no podrían amarse si no se conocían de verdad, y Lila iba a marcharse en poco tiempo. Tal vez no volviese a verla, como pronto, hasta Navidad.

Sam apretó los puños y pensó en su hijo, que iba a necesitar una familia. Aunque tal vez aquel también fuese un concepto anticuado.

Él iba a tener que olvidarse de Lila. No estaban hechos el uno para el otro. Ninguno de los dos quería cambiar. Las diferencias entre ambos eran enormes.

La decisión no lo tranquilizó. Se sentía mal y la echaba de menos.

–Lo superarás –se dijo a sí mismo en voz alta–. Olvídala.

Por mucho que le costase, iba a tener que dejarla marchar.

Cuando el equipo de la película llegó el miércoles por la mañana y Lila desapareció de su vida, Sam se dijo que era lo mejor. No obstante, la llamó dos veces y mantuvieron una breve conversación.

La segunda, Lila respondió al teléfono muy agobiada:

–Sam, no puedo hablar. Van a rodar una escena y acaban de decidir que necesitan una cuna, así que tengo que encontrarla, tiene que ser de madera o de hierro, preferiblemente lo segundo.

–¿Puedo ayudarte a buscarla? –le preguntó él.

–La están buscando en un mercado que hay a las afueras de Royal. Y me están trayendo otra de Midland. Lo siento, pero no puedo hablar. Ya te llamaré luego.

Una semana después, la primera reacción de Sam fue de sorpresa al recibir una llamada de Lila a su despacho.

–Sam, siento molestarte, pero quería pedirte un favor. El director quiere conocerte y me preguntaba si podíamos pasar por tu despacho esta tarde. ¿A las seis sería demasiado tarde?

A él se le aceleró el corazón. Solo podía pensar en volver a verla.

–Venid cuando queráis, estaré libre. Aunque Josh no va a estar esta tarde.

–No importa, Roddy solo quiere hablar contigo de ese hotel que hiciste en Amarillo.

–¿Prefieres que nos veamos en el club?

–No. Creo que le va a gustar ver tu despacho –le dijo Lila, hablando más rápidamente de lo habitual–. Se llama Rodman Parkeson y es un poco seco, te lo advierto. Pero está pensando en hacerse una casa en California y me parece que quiere hablarte de ello. No te entretendremos demasiado.

–Todo mi tiempo es tuyo, Lila –le respondió Sam–. Te he echado de menos.

–Gracias –contestó ella–. Te veré sobre las seis.

Dicho aquello, colgó. Sam la echaba de menos y no quería que se marchase tan pronto a California. Aunque tal vez fuese lo mejor.

Se levantó y miró a su alrededor, luego salió a la recepción y, después, al porche. Era un edificio de ladrillos rojos que parecía una mansión sureña, pero satisfacía sus necesidades. En el porche delantero había hamacas y el jardín estaba lleno de flores.

Detrás de los despachos había varios edificios para el material de construcción y la maquinaria.

El día se le hizo el doble de largo de lo normal, pero el teléfono sonó por fin a las seis y Lila le anunció que estaban en el porche.

Sam salió a la puerta y respiró hondo al verla. Llevaba el pelo recogido y su aspecto era profesional.

Nada más verla se olvidó de que lo que quería era olvidarla. Deseó abrazarla y besarla, pero, en vez de eso, le ofreció la mano.

–Lila –dijo, mirándola a los ojos.

–Sam, quiero presentarte a Roddy Parkeson. Roddy, Sam Gordon, la mitad de Gordon Construction.

Él tuvo que hacer un esfuerzo para apartar la atención de Lila y mirar al hombre, que le dio la mano con firmeza.

–Me alegro de conocerte –dijo el director–. Tu oficina es tan fantástica como el hotel. Me encanta este porche. Es maravilloso.

–Gracias. Echa un vistazo por todo con plena libertad. Luego te enseñaré el interior.

–De acuerdo. Mi padre tenía una empresa de construcción y yo estuve trabajando con él de joven –le contó Roddy mientras Sam les abría la puerta–. Pronto empezó a trabajar para la industria cinematográfica, así que yo también llevo en ella muchos años, pero sé cuándo un edificio es sólido y sé lo que me gusta.

Sam los condujo hasta su despacho.

–Ese hotel que hiciste en Amarillo es increíble –continuó Roddy–. Yo soy de Los Ángeles, pero tenía una tía que vivía en Mississippi. Siempre me han encantado estas casas.

Sam asintió y se preguntó si había oído bien cuando Lila le había dicho que Rodman Parkeson era un hombre seco. No había dejado de hablar desde que los habían presentado. Sam miró a Lila, que le sonrió débilmente. Mientras el director seguía hablando y estudiando la habitación, Lila se acercó a Sam y le susurró:

—Eres un genio.

Sam no respondió. Intentó centrarse en la conversación de Roddy, aunque le costó apartar la vista de Lila.

Estuvieron una hora allí y luego Sam propuso que cenasen los tres en su casa.

—Estupendo —aceptó Roddy.

Fue una velada entretenida y al mismo tiempo frustrante, porque Sam quería a Lila solo para él. A la hora de marcharse, Sam quiso confirmar que Lila iba a acompañarlo a la fiesta del club.

—Por supuesto, Sam. Buenas noches y muchas gracias.

Luego se marcharon y Sam pensó que su propósito de olvidar a Lila había fracasado.

—Maldita sea —dijo, dándole una patada a una piedra con la punta de la bota.

Para alivio de Sam, por fin había llegado el último jueves de agosto. El equipo de la película ya se había marchado y Lila volvería a California el lunes siguiente. Cada vez que pensaba en su marcha, se le hacía un nudo en el estómago y se sentía vacío.

Sam la llamó para pedirle que cenasen juntos esa misma noche.

–Lila, he tenido tiempo para pensar en todo lo que me dijiste y he tenido la oportunidad de ver cómo es tu trabajo. Me gustaría que hablásemos.

Capítulo Diez

A Lila le dio un vuelco el corazón. La voz de Sam era muy seria, no contenía su habitual alegría.

–De acuerdo, hablemos –le respondió, preguntándose si por fin se habría dado cuenta de que su matrimonio era imposible.

–Te recogeré a las siete –le dijo él antes de colgar.

Lila se puso un vestido azul sin mangas, de corte recto, recatado, que solía utilizar para el trabajo. Tenía la sensación de que Sam se iba a despedir de ella para siempre y supo que debía sentirse aliviada en vez de vacía y temerosa.

Cuando entró en el salón para esperarlo, su madre se acercó a ella.

–Qué alegría, volver a ver a Sam –comentó Barbara.

–Mamá, me temo que va a ser nuestra despedida.

–No es posible. Vais a ser padres, así que, durante años, Sam formará parte de tu vida.

–Pero no una parte importante.

–Piénsalo bien, hija, Sam es una buena persona.

–Lo sé, pero quiere una esposa que sea como tú y yo no soy así.

Vio el coche de Sam por la ventana.

–Ya está aquí –añadió–. Será mejor que terminemos con esto cuanto antes.

–Lila, asegúrate de que no quieres que Sam sea una parte importante de tu vida. Estate segura de lo que vas a hacer.

–Lo estoy –respondió ella, sabiendo que era lo mejor–. Lo superaré.

Salió de la casa apresuradamente porque quería subirse al coche antes de que bajase él, pero Sam fue más rápido que ella y le dio tiempo a rodear el coche y abrirle la puerta. A Lila se le aceleró el corazón al verlo tan guapo, con un traje oscuro, camisa blanca y corbata roja. Le bastó con ver su expresión para saber que esa noche sería su despedida. Nunca lo había visto tan serio.

–He reservado mesa en Willow Hollow. He pensado que veríamos a menos gente conocida.

–Me parece bien.

Lila también prefería salir de Royal. Willow Hollow estaba en un condado vecino y era un restaurante muy bueno, aunque ella ya había perdido el apetito otra vez, cosa que le ocurría cada vez con más frecuencia. Sam cerró la puerta del coche y fue a sentarse detrás del volante.

–¿Has podido descansar un poco del trabajo? –le preguntó cuando ya estaban en la carretera.

–Supongo que sí. Aunque también he estado haciendo las maletas para marcharme el lunes a California.

Mantuvieron una conversación muy educada y Lila pensó que era como si Sam hubiese levantado un muro entre ambos, cosa impropia de él.

–Hoy me ha llamado Roddy.

–¿Sí?

–Me ha ofrecido trabajo y me ha sugerido que traslade mi negocio a California.

Lila miró a Sam muy sorprendida y luego se echó a reír y sacudió la cabeza.

–Con lo frío que suele ser con todo el mundo. Es evidente que está impresionado con tu trabajo. Aunque yo sé que a ti no te interesa... ¿qué trabajo te ha ofrecido?

–Quiere que construya su nueva casa –le contó Sam, sonriendo por primera vez en toda la noche.

–¡No me digas! Había comentado algo de que quería hacerse una casa, pero lo cierto es que vive en una bonita mansión. Apuesto a que quiere que le construyas una casa como la que su tía tenía en Mississippi.

–Así es. Le he dado las gracias. La oferta es halagadora. También me ha ofrecido trabajar en una película y me ha hecho una muy buena oferta.

–¿Roddy? No me lo puedo creer. Normalmente, se limita a dar órdenes.

—Me ha insistido en lo mucho que podría crecer la empresa en Los Ángeles.

—Y probablemente tenga razón. ¿Se lo has dicho a Josh?

—Lo haré. Aunque se limitará a lanzarme una de sus miradas y después continuará con lo que esté haciendo.

—Estoy muy sorprendida, pero me alegro. Roddy sabe mucho de construcción y lo has impresionado.

—Es un buen tipo.

Lila volvió a reírse y a sacudir la cabeza.

—Es evidente que quiere que seas tú quien construya su casa. Podrías hacerlo desde Texas.

—Eso me ha dicho él, pero no lo veo factible. No me apetece estar yendo y viniendo.

Ella pensó en el bebé y se preguntó cómo se iban a organizar con él. Eso hizo que se olvidase de Roddy y que fuese en silencio el resto del camino.

Al llegar al restaurante, Lila no se fijó nada más que en el hombre que tenía enfrente, el padre de su hijo, el hombre del que estaba enamorada. Por primera vez, estaba serio y no le brillaban los ojos.

Ella pidió una sopa de tomate y él, como de costumbre, un filete. En cuanto se quedaron solos, Sam tomó su mano y empezó a hablar.

—He pensado en todo lo que me dijiste. En nuestro futuro.

A ella se le detuvo el corazón.

–También he estado observando el rodaje. No te he visto trabajar, pero he entendido un poco mejor lo que me contaste y tengo que decirte que estoy de acuerdo contigo. Tienes razón, Lila.

Aquello era lo que ella había querido oír, pero no pudo evitar que se le rompiese el corazón.

–No estamos locamente enamorados el uno del otro –añadió Sam muy serio.

Eso le dolió más que todo lo demás a pesar de que ella le había dicho lo mismo a Sam unos días antes. Se le hizo un nudo en la garganta e intentó contener las lágrimas.

–Yo quiero una esposa que esté en casa con mis hijos. Tal vez sea una postura anticuada y machista, pero yo soy así. Muchas personas no tienen elección, pero yo tengo la suerte de poder permitirme que mi mujer no trabaje y eso es lo que quiero. Llámame egoísta si quieres, pero yo no lo veo así. Tú quieres trabajar, tener una carrera. Eres una mujer ambiciosa, muy independiente y no me necesitas.

Lila lo miró e intentó contener sus emociones. Tenía que responderle. Sam se hallaba en silencio, y ella estaba segura de que estaba esperando que le diese la razón, pero tenía miedo de ponerse a llorar si lo intentaba. ¿Qué le estaba pasando?

–Me alegro de que te hayas dado cuenta, Sam. Somos amigos y nos gustamos, pero no es amor de verdad. Esto es lo más sensato y llegaremos a un acuerdo por nuestro hijo.

–Después del primer año, me gustaría que ambos disfrutásemos de él por igual. De hecho, como tus padres viven en Royal y somos muy amigos, supongo que estarán encantados de que yo tenga al bebé la mitad del tiempo.

–¿La mitad? –repitió ella con el ceño fruncido–. Bueno, ya lo decidiremos. Todavía tenemos tiempo hasta que nazca.

–¿Cuándo vas a hablar con tu padre?

–El lunes, antes de subirme al avión.

Sam frunció el ceño.

–No te veo contenta, a pesar de que he hecho lo que tú querías.

–Es lo que quiero, sí. No estamos hechos el uno para el otro. Pero es una decisión difícil y me gustas. Lo pasamos muy bien juntos y te considero un amigo.

Él la miró muy serio.

–Solo espero que no estemos cometiendo un gran error.

–Piensa en mi carrera y lo verás más claro.

Sam apartó la vista y respiró hondo.

–Tienes razón. Solo tengo que pensar en que trabajas catorce horas diarias para volver a la realidad.

El camarero llegó con la cena y ambos guardaron silencio. Lila tomó un par de cucharadas de su sopa y no pudo comer más. Miró a Sam y se dio cuenta de que él tampoco estaba cenando.

−¿No está a tu gusto el filete?

−Está bien, pero he perdido el apetito y no me lo voy a comer. Estamos siendo sensatos, Lila, pero yo solo puedo pensar en tenerte en mi cama.

−Si ninguno de los dos vamos a comer, deberíamos irnos a casa. Ya hemos hablado todo lo que teníamos que hablar y ha llegado el momento de pasar página.

En realidad, lo que quería eran sus abrazos, sus besos y hacer el amor con él, pero aquella era la única solución y no estaban cometiendo un error. Olvidaría a Sam. Tendría que hacerlo.

De camino a casa charlaron de cosas sin importancia y Lila se dijo que en cuanto volviese a California empezaría a olvidarlo. Aunque después Sam querría tener al niño la mitad del tiempo y tenía razón en que sus padres se alegrarían de que estuviese con él en Royal. Lila pensó que su vida era un caos y se frotó la frente. Por un momento, pensó que Sam se daría cuenta y le agarraría la mano para tranquilizarla, pero estaba concentrado en la carretera.

Al llegar al rancho de sus padres, la acompañó hasta la puerta.

−Adiós, Lila. Sé que esto no es del todo una despedida porque vamos a compartir un hijo, pero no mucho más. Yo me casaré algún día y tendré una familia a tiempo completo. Y tú tendrás tu vida. También seré el padre de tu hijo, porque jamás lo abandonaría por lejos que estuviese.

–Lo sé –susurró ella, haciendo un esfuerzo por contener las lágrimas–. Será mejor que cancelemos la cita del sábado.

–Por supuesto. Ya no tiene sentido.

–Adiós, Sam.

Lila entró en casa y se sintió aliviada al no ver a nadie. Corrió a su habitación y cerró la puerta. Entonces se puso a llorar. No sabía por qué se sentía así. Sam le había dado la razón, había hecho lo que ella quería. ¿Por qué se sentía tan mal? Tenía un trabajo que le encantaba y no quería vivir en Royal ni casarse con Sam y limitarse a trabajar en obras benéficas, pero, en esos momentos, California le parecía un lugar lejano en el que iba a sentirse muy sola. Se dijo que, cuando volviese a su casa, diese un paseo por la playa y viese a sus amigos, se sentiría mucho mejor.

–Sam –susurró–. Ojalá no fueses tan anticuado…

El viernes por la mañana, Lila esperó a que su padre se hubiese marchado para bajar a la cocina a desayunar. Su madre todavía estaba allí.

–Supongo que no vas a volver a salir con Sam esta noche.

–No. Por fin se ha dado cuenta de que no podemos casarnos.

–Lo siento, Lila. ¿Quieres ir de compras? ¿Qué te apetece comer?

–He quedado para comer, mamá, pero gracias. Tal vez mañana. Y no tengo hambre.

–Pero tienes que comer algo o te pondrás enferma. Te sentirás mejor. Mañana puedes venir con nosotros a la fiesta del club, porque supongo que tampoco vas a ir con Sam.

–No.

–Lo pasarás bien. Y van a enseñar la guardería a todo aquel que quiera verla.

Lila pensó en la noche anterior y en lo poco que había hablado con Sam. Se sirvió un zumo de naranja y tomó una magdalena. Intentó comer en vez de pensar en Sam y se preguntó si él estaría pensando en ella o si habría continuado con su vida.

Sam se duchó y se afeitó, y se vistió para ir a trabajar. Había quedado a media mañana en el club y por la tarde iba a ir a ver una casa. No había pegado ojo y no podía dejar de pensar en Lila, pero tenía la esperanza de que se le fuese pasando.

Habló con su secretaria y fue al club.

Había quedado con Tom Devlin, otro miembro del club. Al llegar allí, vio el lema del club: Liderazgo, Justicia y Paz. Y pensó que uno de sus miembros no lo había cumplido y había saboteado el sistema de alarma de la guardería.

El sistema ya había sido reparado, así que el sabotaje no había tenido ningún efecto a largo plazo.

Pasó por el comedor de camino al salón que había reservado para la reunión y se le cortó la respiración al ver a Lila hablando con un hombre al que no conocía. Vio reír al hombre y se sintió como si le hubiesen dado un puñetazo en el estómago.

Se preguntó quién era aquel hombre. Vio reír a Lila y se marchó a pesar de querer quedarse allí, observándolos. Había sabido que Lila empezaría a salir con otros hombres, pero ¿tan pronto?

Sam fue a su reunión y pasó la primera media hora intentando concentrarse, pero no fue capaz. En cuanto pudo, terminó el encuentro, recogió sus papeles y salió de la sala. Pasó por la guardería, la sala de billar y el comedor, pero ya no vio a Lila.

–Hola, Sam –lo saludó Beau Hacket–. Este verano le has mandado muchas flores a Lila. Estoy impresionado.

Sam no quiso hablar de su relación con Lila con el padre de ella.

–He creído verla aquí hace un rato.

–Ah, sí. Ha comido con unos amigos y luego ha estado con un ranchero, dándole las gracias por haber permitido que se rodase parte de la película en su rancho. No sé dónde estará ahora.

Sam se sintió aliviado y se marchó del club sintiéndose mucho mejor, casi eufórico, hasta que se sentó en el coche y se dio cuenta de que si le había dolido tanto ver a Lila con otro hombre era porque sentía algo por ella. Se preguntó si, sin darse cuenta, se habría enamorado.

Si así era, ¿podía dejar que saliese de su vida? ¿Podía permitir que otro hombre conquistase su corazón y se la llevase para siempre? Si de verdad la quería, ¿cómo podía ganarse su corazón? ¿Estaba dispuesto a cambiar de vida por ella?

Sabía que jamás saldría con una mujer igual. Con la que se divirtiese tanto, que lo excitase tanto, que fuese su amiga. Le encantaba estar con ella.

Si estaba enamorado, ¿cómo la iba a dejar marchar?

Lila era una mujer independiente. ¿Podría soportar verla volcada en su trabajo? ¿Cómo iba a convencerla de que la quería?

Pensó en la idea de Roddy de trasladar su negocio a California. Al principio le había parecido absurda, pero luego se dijo que, si construía la casa de Roddy y trabajaba en alguna película, pronto tendría clientes allí. ¿Podría marcharse de Royal? ¿Tan enamorado estaba de Lila? ¿Lo suficiente como para cambiar su vida y traicionar sus principios?

¿Cómo era posible que se hubiese enamorado? Pensándolo bien, no había podido olvidarla desde la primera noche que habían pasado juntos.

Sorprendido, siguió sentado en el coche, dándole vueltas a sus sentimientos.

La quería, pero tenía que convencerla a ella. Y hacer que cambiase la opinión que tenía de él.

¿Cómo podía conseguirlo?

Sacó el teléfono para llamarla y notó que se le encogía el estómago al oír su voz.

–Lila, soy Sam. Si todavía estás libre, me gustaría llevarte a la fiesta del club. No podemos despedirnos como lo hicimos y necesito volver a verte.

Capítulo Once

El sábado, Sam se vistió muy nervioso. Iba a volver a estar con Lila y no podía ni pensar en tener que despedirse de ella el lunes.

La fiesta del club era informal. La piscina estaría abierta, habría baile, comida, concursos y partidas de billar. Se enseñaría la guardería y Gil diría unas palabras. Siempre había sido una fiesta divertida.

Sam llegó temprano a recoger a Lila porque estaba deseando verla, tocó el timbre e imaginó que le abriría la puerta la señora Hacket, pero fue la propia Lila quien lo hizo. Estaba muy seria.

Lila abrió la puerta y dejó pasar a Sam, que estaba muy guapo. Deseó abrazarlo y olvidarse de todas sus diferencias, pero no podía.

En vez de eso, mantuvo las distancias.

–Podemos marcharnos. Mis padres todavía están en casa, pero me han dicho que podemos ir yendo delante.

–De acuerdo –respondió él, tomándola del brazo–. Esta noche estás preciosa. No podíamos despedirnos como lo hicimos el jueves, Lila. Solo puedo pensar en volver a tenerte entre mis brazos y besarte.

Ella no pudo evitar emocionarse.

–Sam, pensé que ya lo habíamos hablado –le dijo, preguntándose si no sería un error ir con él a la fiesta del club.

Él la llevó hasta el coche de la mano y salieron del rancho.

–Estás muy callada –le dijo, de camino al club, tomando su mano.

La apoyó en su muslo y ella lo miró y pensó en lo que le había dicho el médico. No supo cómo contárselo. Todavía no lo había asimilado ella.

–Muy callada –repitió Sam.

–Han sido dos semanas frenéticas. Y ahora estoy empezando a relajarme.

–Después de la fiesta, iremos a mi casa y te ayudaré a relajarte –le dijo él sonriendo.

Ella negó con la cabeza.

–Lo siento, pero no.

–En realidad, no hemos tenido la oportunidad de hablar mucho.

–No hace falta. Ya hablaremos cuando se hayan enfriado un poco las cosas entre nosotros.

Él asintió.

–Sam, los dos sabemos que no podemos ser felices juntos. Ya has visto cómo es mi trabajo.

—Sí, pero esta noche quiero que nos olvidemos de trabajos y futuros –declaró él–. ¿De acuerdo?

—Sí.

Lila apartó la mano y él volvió a ponérsela en su muslo.

—Quiero que me toques. No sabes cuánto llevo esperándolo.

—Podrías estar con cualquier mujer que quisieras.

—Me parece que exageras, pero, en cualquier caso, solo puedo pensar en una pelirroja de ojos verdes. Una pelirroja cuyos besos me matan –le dijo él con voz ronca.

—El jueves decidimos que lo nuestro se había terminado, así que deja de coquetear conmigo. No hagas que me arrepienta de haber salido contigo.

—No te arrepentirás.

Lila lo miró y se preguntó qué estaría tramando. Cuando llegaron al aparcamiento del club, vio que ya había muchos coches. Dejaron el coche al portero y Sam la agarró del brazo.

—Ojalá Shannon pudiese estar aquí, pero tenía que volver a Austin –comentó ella–. Tengo ganas de ver cómo ha quedado la guardería.

—Ven. Vamos a ver el lugar en el que pronto estará nuestro bebé.

Lila no supo qué era peor, si la frialdad con la que Sam la había tratado el jueves, o aquello, ambas cosas la estaban destrozando.

Entraron en el club y, al llegar a la guardería, Lila dio un grito ahogado.

–¡Dios mío! Es increíble.

–Y todavía no está terminada. Faltan fondos para poder inaugurarla. Gil va a hablar de ello esta noche.

–Espero que consiga el dinero suficiente para abrirla lo antes posible.

Sam se limitó a sonreír.

–Estoy impresionada –dijo Lila, mirándolo todo antes de volver a salir al pasillo.

–Oigo música –comentó él–. Vamos a bailar.

Unos minutos después estaban bailando y Lila empezó a sentirse mejor a pesar de saber que quería a Sam y que iba a tener que olvidarlo.

Cuando llegó un tema lento, él la abrazó y le dijo:

–Te he echado de menos. No quiero que volvamos a despedirnos como lo hicimos el jueves.

–Lo siento, pero hemos decidido que cada uno va a seguir su camino.

–Ojalá pudiese convencerte para que te quedases aquí –declaró él.

–Ya sabes que no es posible, que voy a volver a California –le recordó Lila.

Siguieron bailando en silencio, hasta que la canción terminó y Gil Addison tomó el micrófono para hablar.

–Buenas noches y bienvenidos a la fiesta en

la que, como cada año, celebramos el final del verano. Tenemos planeada una velada llena de concursos, perritos calientes, hamburguesas y premios.

La multitud aplaudió.

–Mucha cerveza fría y música.

Hubo más aplausos.

–Como todos sabéis, aprobamos la apertura de una guardería en el club. Todos estaréis al corriente del sabotaje de su sistema de alarma, del que todavía no se ha encontrado al culpable. La reparación del sistema, así como el patio exterior, no estaba incluido en el presupuesto inicial, así que vamos a tener que recaudar más fondos. Aceptamos cualquier donación.

–Gil –dijo Sam en voz alta, sorprendiendo a Lila–. Yo quiero hacer una donación. Ven conmigo, cariño, porque lo estoy haciendo por ti.

Sorprendida, Lila dejó que la agarrase de la mano y la llevase hasta el pequeño escenario en el que estaba subido Gil.

Sam sacó un trozo de papel y se lo dio a Gil.

–Esta es mi donación para la guardería.

Gil miró el cheque y abrió mucho los ojos.

–¿Estás seguro? –le preguntó a Sam.

–Sí –respondió él sonriendo.

–Amigos, Sam Gordon acaba de realizar una donación de un millón de dólares para la guardería –anunció Gil.

Los presentes aplaudieron y lo vitorearon, y Lila miró a Sam con incredulidad.

–Sam...

–Lo hago por ti –le dijo él en voz baja.

Todo el mundo quiso acercarse a darle la mano y las gracias a Sam, y lo fueron alejando de Lila.

Su padre y su madre se acercaron a ella.

–Menuda donación –comentó Beau–. Mamá dice que Sam lo ha hecho por ti y yo me pregunto qué hay entre vosotros. Te manda flores y da un millón de dólares para una causa que ni siquiera le gusta...

–¿No es maravilloso? –dijo ella riendo.

Su madre la abrazó.

–Papá, vas a ser abuelo –añadió Lila–, pero ya hablaremos de ello cuando lleguemos a casa.

–¿Qué? –inquirió Beau, quedándose boquiabierto, sin habla.

Miró a su esposa, que le sonrió y asintió. Y que después abrazó de nuevo a Lila.

–Has escogido el mejor momento para contárselo. Va a tener un buen rato para hacerse a la idea, y yo me ocuparé de responder a sus preguntas.

–Gracias, mamá.

–Sé buena con Sam, tienes un millón de razones para hacerlo.

–Jamás habría pensado que haría algo así.

–Siempre te he dicho que es un buen hombre, Lila. Y debe de estar muy enamorado de ti.

Lila miró a su madre con incredulidad y después abrazó a su padre.

–¿De verdad voy a ser abuelo?

–Sí –le respondió ella, sonriendo de oreja a oreja–. Tal vez algún día te alegres de que haya una guardería en el club. Ahora, tengo que ir a hablar con Sam.

–Lila –la llamó su padre, pero ella ya se había marchado.

La música empezó a sonar de nuevo y ella vio a Sam, que la estaba mirando.

Por fin consiguieron llegar el uno al lado del otro y, antes de que a Lila le diese tiempo a darle las gracias, él la agarró del brazo.

–Vamos –le dijo, conduciéndola a la puerta más cercana.

Poco después estaban en el coche, de camino a Pine Valley. Lila se desabrochó el cinturón de seguridad para darle un abrazo.

–Eh, Lila –exclamó Sam riéndose.

–Gracias, Sam Gordon. No sé qué más decirte, solo que siento haber dudado de ti.

–Vuelve a abrocharte el cinturón y ya hablaremos cuando lleguemos a casa.

Ella obedeció.

–Sam, has hecho algo maravilloso. Estoy emocionada.

–Lo he hecho por ti, Lila.

–Y yo todavía no puedo creerlo.

–Te lo explicaré en cuanto lleguemos.

–Quiero advertirte de que… en el furor del momento le he contado a mi padre que estoy embarazada.

—¿Qué? No sé si parar el coche.
—No, sigue conduciendo. Quiero que lleguemos a tu casa. Y, con respecto a mi padre, no le he dicho todavía quién es el padre.
—Pero se lo imaginará, y en estos momentos estará en el rancho, sacando la escopeta.

Lila sonrió, se sentía mejor, a pesar de saber que lo suyo seguía sin tener futuro.

—La verdad es que, por una vez en la vida, lo he dejado sin habla. Se ha quedado boquiabierto. A mi madre le ha parecido divertido y me ha prometido que respondería ella a sus preguntas.
—Tu madre es estupenda.
—Sí.
—Y tu padre va a darse cuenta del motivo por el que te he mandado tantas flores.
—Sí, pero no va a poder hacer nada al respecto.
—Seguro que ya me está buscando.
—Me ha parecido el momento perfecto para decírselo. Estaba impresionado con tu donación y mi madre le ha asegurado que la habías hecho por mí.

A Sam el trayecto le resultó interminable, pero por fin llegaron a su casa.

Una vez dentro, Lila lo abrazó y se puso de puntillas.

—Muchas gracias —le dijo.
—Lila, no sabes cuánto te deseo —susurró él, inclinándose para besarla.

En cuanto sus labios tocaron los de ella, Lila se olvidó de todo: de la donación, de su decisión de olvidar a Sam y de todo lo demás. Sam la abrazó con fuerza y la apretó contra su cuerpo y ella lo abrazó también.

En esos momentos solo quería estar con él, hacer el amor con él. Empezó a desabrocharle la camisa con dedos temblorosos y notó que él también empezaba a desnudarla.

Cuando hubieron terminado, Sam la tomó en brazos y la llevó a uno de los dormitorios del primer piso.

La dejó en el suelo, encendió la lámpara de la mesita de noche y empezó a recorrer su cuerpo a besos.

—Sam, te deseo.

Él tomó su rostro entre las manos y la miró a los ojos.

—No quería decirte esto en un momento de pasión —susurró—, sino cuando estuviese relajado. Cariño, te quiero. Y te necesito en mi vida.

Sus palabras volvieron a sorprenderla. Lo miró a los ojos y sintió que se le derretía el corazón.

—Oh, Sam.

—Te quiero —repitió él.

—Mi amor —susurró Lila—. ¿Qué vamos a hacer? —le preguntó—. No puedo…

Él la acalló con un apasionado beso, la acarició y la ayudó a poner las piernas alrededor de su cintura para penetrarla y hacerle el amor.

Ella gimió de placer, lo abrazó con fuerza, cerró los ojos y disfrutó de la sensación.

–Te quiero, Sam –susurró sin pensarlo poco antes de llegar al clímax–. Te quiero.

Cuando ambos hubieron terminado, la dejó de nuevo en el suelo y la besó con ternura.

Después la llevó al baño y se ducharon juntos. Sam fue a buscar dos albornoces y le ofreció uno blanco mientras él se ponía uno azul.

Luego fueron hasta el salón y se sentó en el sofá, con ella en su regazo.

Lila lo miró a los ojos y le dio un beso.

–Te quiero, Sam.

–Y yo a ti, mi amor. Por eso he hecho esa donación.

–Es lo más bonito que han hecho por mí en toda la vida. Todavía estoy sorprendida.

–Lila, ¿quieres casarte conmigo?

Ella dejó de sonreír.

–Sam, algunas cosas no han cambiado. Yo sigo sin querer abandonar mi carrera y volver a Royal. Te quiero con todo mi corazón, pero no puedo hacerlo. Al menos, en este momento de mi vida. Tal vez cambie de opinión con el tiempo.

Él le dio un beso y la miró a los ojos.

–No hace falta que vuelvas a Royal. Encontraremos otra solución.

–¿Viviendo tú en Royal y yo en California? ¿De verdad piensas que funcionaría?

–He estado pensando en lo que hablé con

Roddy. Quiere que construya su casa y tiene muchos contactos. Podría abrir una oficina en Los Ángeles.

Lila se quedó sin habla al oír aquello.

–¿Harías eso por mí? –le preguntó–. Eso es que me quieres.

–Claro que te quiero. Y quiero estar contigo.

A ella se le llenaron los ojos de lágrimas.

–Sam, es lo más bonito que me podías decir –admitió, besándolo–. ¿Y tu hermano?

–No voy a llevármelo puesto –respondió él, guiñándole un ojo.

–Ya sabes lo que quiero decir.

–Josh puede quedarse al frente del negocio aquí. Me da igual. Yo lo que quiero, cariño, es estar donde tú estés.

–Te quiero, te quiero, te quiero –le dijo ella entre beso y beso–. Soy tan feliz… Y, sí, me casaré contigo.

–¿De verdad? ¡Bien!

Ella se echó a reír.

–Cariño, en estos momentos, soy el hombre más feliz del mundo.

Luego se levantó y metió la mano en el bolsillo de la chaqueta, que aún continuaba en el sofá del salón.

–Dame la mano, tengo algo para ti.

–Sam, no paras de sorprenderme. ¿Qué estás haciendo ahora?

–He dicho que me des la mano –insistió él, dejándole una pequeña caja en la palma.

–¿Qué es, Sam?

Abrió la caja y vio un anillo precioso, con una esmeralda rodeada de diamantes.

Sam lo tomó para ponérselo.

–Representa mi amor y mi compromiso. Para siempre, Lila. Te quiero con todo mi corazón.

–Sam, qué bonito –dijo ella, con un nudo en la garganta–. Yo también te quiero. He intentado olvidarte, pero no he podido. Me robaste el corazón desde la primera noche.

Él la abrazó y volvió a besarla. Y Lila puso los brazos alrededor de su cuello y le devolvió el beso. Cuando se separaron, le dijo:

–Yo también tengo algo para ti. Una noticia que te va a dar qué pensar.

–No creo que pueda haber nada más importante que saber que nos queremos, que vamos a casarnos y a tener un bebé.

–Sí que lo hay. Me convenciste de que buscase un médico en Royal, pero no me has preguntado si fui a verlo.

Él dejó de sonreír.

–Está todo bien, ¿verdad?

–Todo bien. Tienes razón al decir que estamos enamorados y vamos a casarnos, pero no vamos a tener un bebé.

Sam frunció el ceño.

–No entiendo nada.

Ella se echó a reír.

–Sam, vamos a tener dos bebés, dos niñas gemelas.

Él se quedó boquiabierto y luego retrocedió y empezó a dar saltos y a gritar.

–Si no estuvieses embarazada, te tomaría en brazos y te lanzaría por los aires.

–Ni se te ocurra –le advirtió ella riéndose.

–Dos niñas, Lila, es fantástico. Tengo que llamar a Josh para contárselo.

–Ven aquí, Sam, no seas ridículo. Tu hermano todavía está en la fiesta.

–Me da igual dónde esté. Ya le has dicho a tu padre que estás embarazada. Tengo que buscarlo y pedirle tu mano.

–Ahí está otra vez mi Sam el anticuado.

–Sí. Y pienso llamar a tu padre para pedirle tu mano. Tenía que haberlo hecho antes de pedirte que te casases conmigo, pero tampoco soy tan tradicional.

–Si lo llamas ahora, se enterará todo Royal –le dijo.

Él sonrió y la abrazó.

–Pues que se entere. Estoy deseando que todo el mundo sepa que voy a tener gemelas. Te quiero, Lila. Va a ser maravilloso.

–Eso pienso yo también –admitió ella, sonriéndole.

–Vamos a la cocina, te voy a preparar un chocolate caliente. Y después haré esas dos llamadas. Pondré el altavoz para que lo oigas todo.

Ella sonrió y sacudió la cabeza.

–Gracias, pero no hace falta.

Fueron a la cocina y mientras Lila se tomaba

un chocolate oyó cómo Sam llamaba a su padre y le pedía permiso para casarse con ella.

–Se ha puesto muy contento y supongo que le ha aliviado saber que vamos a casarnos. Ahora, voy a contárselo todo a Josh.

Llamó a su hermano inmediatamente.

–Sal de la fiesta un minuto. No puedo esperar a mañana. Le he pedido a Lila que se case conmigo y me ha dicho que sí.

Lila se imaginó que su hermano le estaba dando la enhorabuena.

–Quiero que seas mi testigo –continuó Sam–. Y, además, vas a ser tío de dos niñas gemelas.

Lila esperó a que Sam terminase la conversación.

–Josh está emocionado. Y tu padre también.

–Me sorprende que dos solteros empedernidos como vosotros estéis tan contentos con la idea de ser tío y padre respectivamente.

–Tal vez ya estemos preparados para tener una familia. En cualquier caso, yo lo estoy, cariño –le dijo Sam, dándole un beso–. Por cierto, supongo que ahora que sabes que te quiero, ya no te importa que te llame «cariño».

–Puedes llamarme como quieras –respondió ella, mirando el anillo–. Es precioso. Me encanta.

–Y tú me encantas a mí. Te quiero y estoy feliz, Lila. Soy el hombre más feliz de la Tierra. Dos niñas. Gemelas. Una doble bendición.

–Yo también estoy feliz y pienso que, al fin y

al cabo, no eres tan anticuado. Dado que van a ser dos bebés, tendré que trabajar menos. O trabajar en casa mientras sean bebés. El médico me ha sugerido que piense en pedirme una baja.

–Ni en mis mejores sueños habría sucedido algo así –comentó Sam, encantado.

Luego la abrazó con fuerza y la besó. Lila lo abrazó también, sabiendo que era el amor de su vida y lo sería siempre. Con Sam, su futuro estaría lleno de alegría y amor, y tendrían una maravillosa familia.

No te pierdas *Seducción y misterio,* de Yvonne Lindsay, el próximo libro de la serie CATTLEMAN'S CLUB: DESAPARECIDO.
Aquí tienes un adelanto...

Sophie llegó al trabajo cinco minutos más tarde de lo habitual. Odiaba llegar tarde, pero esa mañana se había despertado tarde y ni siquiera había podido desayunar. Saludó con la mano a la recepcionista y al personal que ya estaba en su puesto de trabajo, en el espacio que había justo detrás del mostrador de recepción. Luego fue hacia la zona de dirección mientras se alisaba la melena corta.

Miró hacia el despacho de Zach, cuya puerta estaba abierta. Ya estaba allí. Había vuelto a ganarla y eso no era bueno. Estaba segura de que su jefe ocultaba algo y quería averiguar qué era.

Dejó el bolso en una esquina del escritorio y este cayó al suelo.

–Maldita sea –murmuró Sophie, agachándose a recoger el contenido.

Volvió a colocarlo todo en su lugar correspondiente y pasó la mano por la fotografía que llevaba a todas partes. Habían sido tan jóvenes, tan inocentes… Víctimas de las circunstancias.

En silencio, renovó su promesa de encontrar a su hermanastra. Sabía que estaba cerca y eso era lo que la había mantenido en vela parte de la noche.

Oyó un ruido tras ella y se estremeció.

–Qué niñas tan monas.

Zach le dedicó una de sus atractivas sonrisas y le tendió un café. Sophie intentó que no le temblase la mano al aceptar la taza e hizo un esfuerzo por resistirse a la incómoda atracción que sentía por él. En el año y medio que llevaban trabajando en el mismo despacho no lo había conseguido y desde que, además, era su ayudante, las cosas solo habían empeorado.

–Se supone que debo ser yo la que te lleve el café –le dijo en voz baja–. Siento llegar tarde.

–No pasa nada. ¿Esa eres tú? –preguntó él, señalando la fotografía que tenía en la mano.

–Sí, somos mi hermana pequeña y yo.

–Ah, ¿y estáis muy unidas?

–Ya no.

El padre de Suzie, al que Sophie también había adorado, había fallecido repentinamente poco después de que les hubiesen hecho aquella fotografía y después Suzie se había ido a vivir con la hermana de él. A partir de entonces, se había roto prácticamente todo el contacto entre ellas y hacía veinte años que no se veían. Sophie nunca había dejado de sentirse vacía por dentro a pesar de que conseguía que no se le notase.

Acarició la fotografía y la volvió a meter en su bolso. Estaba haciendo todo lo que podía para restablecer el contacto con su hermana y tenía que sentirse satisfecha por ello.

Guardó el bolso en el último cajón de su escritorio y lo cerró, y Zach, que debió de darse cuenta de que el tema de su hermana estaba zanjado, se centró en el trabajo.

−¿Qué tienes en la agenda para hoy?

Sophie le hizo un resumen de lo que tenía pensado hacer en ausencia de su otro jefe y después preguntó:

−¿Quieres que haga alguna otra cosa? Nada de esto es urgente, sobre todo, mientras Alex no esté.

En realidad, Alex llevaba más de un mes desaparecido como por arte de magia. Cada mañana, Sophie se levantaba con la esperanza de llegar al trabajo y encontrárselo allí, pero por el momento no había ocurrido.

−¿Alguna noticia del sheriff Battle? −preguntó Zach.

Ella negó con la cabeza. Sophie se había roto la cabeza intentando pensar en algo que pudiese indicar dónde estaba Alex, pero no había encontrado nada fuera de lo habitual. Alex Santiago había desaparecido del mismo modo que había llegado a Royal, Texas. Aunque con mucha menos fanfarria. Era la clase de hombre que lograba que sucediesen las cosas, las cosas no le sucedían a él. Por eso resultaba tan sorprendente su desaparición. Alguien tenía que saber algo, alguien tenía que estar ocultando cosas, y Sophie tenía la sensación de que ese alguien podía ser Zach.

DESEOS DEL PASADO

KAT CANTRELL

Cuando Michael Shaylen recibió la custodia de un bebé, acudió a la única mujer que podía enseñarle a ser padre, su examante y psicóloga infantil Juliana Cane, y le hizo una proposición: dos meses de educación infantil a cambio de ayudarla en su carrera.

Juliana aceptó y, de repente, se encontró con lo que más deseaba en el mundo: un hogar, un niño y Shay. Pero aquella situación era solo temporal, pues a pesar de la pasión que los consumía a ambos, había sobrados motivos para que Juliana se marchara.

¿Y si todo podía ser maravilloso?

¡YA EN TU PUNTO DE VENTA!

Acepte 2 de nuestras mejores novelas de amor GRATIS

¡Y reciba un regalo sorpresa!

Oferta especial de tiempo limitado

Rellene el cupón y envíelo a
Harlequin Reader Service®
3010 Walden Ave.
P.O. Box 1867
Buffalo, N.Y. 14240-1867

¡Sí! Por favor, envíenme 2 novelas de amor de Harlequin (1 Bianca® y 1 Deseo®) gratis, más el regalo sorpresa. Luego remítanme 4 novelas nuevas todos los meses, las cuales recibiré mucho antes de que aparezcan en librerías, y factúrenme al bajo precio de $3,24 cada una, más $0,25 por envío e impuesto de ventas, si corresponde*. Este es el precio total, y es un ahorro de casi el 20% sobre el precio de portada. !Una oferta excelente! Entiendo que el hecho de aceptar estos libros y el regalo no me obliga en forma alguna a la compra de libros adicionales. Y también que puedo devolver cualquier envío y cancelar en cualquier momento. Aún si decido no comprar ningún otro libro de Harlequin, los 2 libros gratis y el regalo sorpresa son míos para siempre.

416 LBN DU7N

Nombre y apellido   (Por favor, letra de molde)

Dirección   Apartamento No.

Ciudad   Estado   Zona postal

Esta oferta se limita a un pedido por hogar y no está disponible para los subscriptores actuales de Deseo® y Bianca®.
*Los términos y precios quedan sujetos a cambios sin aviso previo.
Impuestos de ventas aplican en N.Y.

SPN-03   ©2003 Harlequin Enterprises Limited